AF281848

Willkommen auf der Arbeitsebene

PETER KEHL

Willkommen auf der Arbeitsebene

Roman

Bibliografische Information der Deutschen Nationalbibliothek:
Die Deutsche Nationalbibliothek verzeichnet diese Publikation
in der Deutschen Nationalbibliografie; detaillierte bibliografische
Daten sind im Internet über https://portal.dnb.de/ abrufbar.

Titelbild:
Gewöhnlicher Baumstockreißer (Franz Josef von Gerstner)
Mit freundlicher Genehmigung
TECHNOSEUM Landesmuseum für Technik und Arbeit
in Mannheim
Handbuch der Mechanik 1831, Tafel 7, Figur 8

Satz, Umschlaggestaltung, Herstellung und Verlag:
BoD – Books on Demand, Norderstedt

ISBN: 978-3-7568-9912-8

Inhalt

Wer das Fell des Bären verteilen will, bevor er erlegt ist,
der sollte nicht knauserig sein.

Köln
Kapitel 1

Plötzlich Regen in der Stadt. Durch einen geschickten Slalom könnte man vielleicht noch trocken bleiben. Doch bald schon füllen dicke Tropfen die Luft ringsum. Wie silberne Pfeile schießen sie herab im Sonnenlicht und bedecken das staubige Grau der steinernen Platten mit münzgroßen Punkten. Schnell wachsen die Punkte zusammen, bis schließlich der gesamte Vorplatz des Bahnhofs schwarz-glänzend erstrahlt. Irgendwo muss jetzt ein Regenbogen zu sehen sein.

Abfahrt 15:48 Uhr, Gleis 2. Es bleiben neun Minuten Zeit, das klappt knapp, das kann man schaffen. Beeilung. Gedränge am Bahnsteig und mehr noch im Zug. Menschliche Nähe sucht jetzt niemand. Mit nasser Jacke schon gar nicht. Ein Platz ist frei, aber reserviert. Egal, hinsetzen, Koffer in die Ablage. Banger Blick ringsum. Auch die freundlichste Oma, die durch den Gang des Wagens herannaht, ist jetzt gefährlich wie ein Alligator, der unverhofft zuschnappen kann: »Entschuldigung junger Mann, diesen Platz habe ich reserviert.« Aber Glück, der Alligator und alle Krokodile schwimmen vorbei, vorerst sitze ich sicher.

Pünktlich verlassen wir Köln. Rechts entschwindet der Dom, unversehens sind wir über dem Rhein. Die Brücke dort ist geschmückt mit Tausenden bunter Schlösser, die von liebenden Paaren aus nah und fern als Zeichen ihrer ewigen Verbundenheit hier befestigt wurden. Wie Kaulquappen wedeln die Regentropfen über die Scheiben der Zugfenster. Langsam sortieren sich die Fahrgäste, fast alle finden einen Platz. Eine Mutter drängt an den Sitzen vorbei in Richtung der Toiletten. Ihr kleines Kind folgt murrend und verlangt, sie solle doch wenigstens die Tür offenlassen, so wie zu Hause. Die Mutter lehnt ab, das Kind heult kurz auf, man einigt sich. »Auf Toilette, fertig, los.«

»Meine Damen und Herren, im Namen der Deutschen Bahn begrüßen wir Sie im ICE 651 auf seinem Weg nach Berlin-Ostbahnhof ... « Beruhigend, der Zug ist richtig.

Fleißige Leute überall klappen ihre Laptops auf. Excel, Excel, PowerPoint. Erträge des Tages werden verbucht, strategische Folien poliert. Nur in der Reihe schräg vorne öffnet jemand sein Bier und schaut einen Horrorfilm. Lebensqualität.

Macht uns die Zeit klüger? Gestern hätte ich gern gewusst, wie es heute geht. Jetzt weiß ich es und habe doch keine Ahnung. Warum tut man so etwas? Warum bewirbt man sich auf eine neue Stelle mehr als 600 Kilometer entfernt von zu Hause? Dann auch noch mit mehrstufigem Assessment-Verfahren. Ist das nicht längst aus der Mode gekommen? Anscheinend nicht.

Da war halt diese Stellenausschreibung. Eher zufällig gefunden am Wochenende, beim Blättern weit hinten in der

Zeitung. Dann der Ärger im Büro mit dem neuen Chef der Finanzabteilung, der alle meine Projekte infrage stellt. So entstehen die Momente, in denen man sich überlegt, ob man etwas ändern soll im Beruf und im Leben.

Ein Unternehmen mit rund zwanzigtausend Leuten sucht eine Leitung für die »Stabsstelle Grundsatzfragen und strategische Allianzen«. Öffentlich-rechtliche Branche. Politik und Ökonomie bunt gemischt, das könnte interessant sein. Besser vielleicht als ein Familienunternehmen, wo unsichtbar neben dem Organigramm immer auch der Stammbaum liegt. Sogar die Kohle stimmt. Geboten wird nicht die übliche »leistungsgerechte Bezahlung«, das wäre mir ohnehin zu wenig, sondern Gehaltsgruppe 15, öffentlicher Tarif. Das kann man schon nehmen.

Fraglich, ob in einem solchen Rennen externe Bewerber überhaupt eine Chance haben. Ist das nicht alles nur eine Show, um schließlich den Kandidaten oder die Kandidatin zu küren, den oder die man sowieso haben will? Doch dafür ist eigentlich der Aufwand zu hoch. Vielleicht ist es gerade umgekehrt, man macht ein Assessment-Verfahren, um interne Kandidaten, die eigentlich dran wären, verhindern zu können. Mal sehen, jedenfalls haben sie mich eingeladen zur ersten Runde.

Wer die angestammte Gruppe verlässt, der muss sich erklären, schon der Versuch ist strafbar – sozusagen. Warum willst du nicht mehr zu uns gehören? Glaubst du, etwas Besseres zu sein? Man ist beliebt wie die Engländer seit dem Brexit. Doch solche Fragen stellt noch niemand und wahrscheinlich wird sie niemals jemand stellen. Vorwürfe als Wunschträume. Für die Kollegen bin ich kurz im Urlaub. Morgen zurück.

Aus der Tasche meldet sich das Handy. Ping. Es ist dieses Geräusch, als ob jemand die Triangel schlägt. Kurze Neugier. Wer mag das sein? Es ist meine Frau. »Schatzi, wann kommst du?« Auch sie weiß nichts vom Zweck dieser Reise. Weil ich häufig nach Köln fahre, fällt das nicht weiter auf.

Gestern Abend Anreise aus Berlin. Heute von 10 bis 15 Uhr erster Assessment-Termin. Sechs Leute waren da, zwei davon werden nächste Woche wieder eingeladen. Information an die Gewinner wahrscheinlich noch heute, per Mail.

Vor ein paar Jahren hatte ich mich schon einmal auf eine neue Stelle beworben, als Volkswirt bei einer Behörde, die für Exportförderung zuständig ist. Auch damals gab es ein Assessment-Verfahren. Implikationen der neueren Außenhandelstheorie sollten erläutert werden.

Damals habe ich geschrieben, Außenhandelstheorie sei für die Praxis wenig hilfreich. Ohne Weiteres könne man alle ihre Argumente – Import, Export, Kapital – am Gartenzaun des eigenen Hauses beginnen lassen. »My home is my country.« Von der Behörde habe ich nie wieder etwas gehört, komisch eigentlich.

Diesmal soll es besser klappen. Das habe ich mir fest

vorgenommen. Schon aus rein sportlichen Gründen. Die Familienplanung ist abgeschlossen, nicht aber die Lebensplanung. Ich möchte noch einmal eine Entscheidung treffen können.

Energisch begrüßt uns der Schaffner in seiner Welt: »Die Fahrkarten, bitte!« Köln–Berlin, mit BahnCard 50, alles okay? Etwas misstrauisch fragt er nach dem Upgrade und zerknipst es mit einer altertümlichen Zange, die er am Gürtel trägt. Auffällig sind seine Hände oder vielmehr die Ringe daran. Nicht weniger als fünf Eheringe trägt der Mann, drei rechts, zwei links. Was bedeutet das? Ist er vielleicht Witwer? Dann wohl wie Ritter Blaubart. Oder ist er, im Gegenteil, dem Leben und der Liebe ganz zugewandt, in jedem Bahnhof eine Braut? Ich frage lieber nicht.

Ankunft in Köln gestern Abend sehr spät. Praktisch, wenn das Hotel gleich am Bahnhof liegt. Umstieg von Gleis 4 direkt Richtung Bett.

Are you sleeping?
Kapitel 2

Mein Gott, was trägt man zu einem Assessment-Termin? Es wird ja nicht der »Mr. Business« gewählt – oder doch? Sakko ist klar, aber braucht man einen Schlips? Seit Donald Trumps Zeiten ist der Schlips in meinen Augen diskreditiert, der rote jedenfalls zum weißen Shirt. Soll man sich nicht lieber an Barack Obama halten, der stilprägend war mit blankem Hemd und erfolgreich in seinen Bewerbungsverfahren? Allerdings, wenn es hilft, würde ich auch zwei Schlipse umbinden.

Gewisse Investitionen ins eigene Outfit können jedenfalls nicht schaden. Eine neue Hose hätte ich gern noch besorgt, doch das einzige vernünftige Exemplar, das es im Laden um die Ecke auf die Schnelle noch gab, hatte der Verkäufer an. Also ein weißes Hemd kaufen, das kann man immer mal gebrauchen. Feierlich überreicht der Verkäufer das gute Stück, das in kunstfertige Folien gehüllt, mit zahllosen Nadeln drapiert, ganz tadellos ausschaut.

Dann – heute Morgen – beim Frühstück im Hotel, das Malheur. Man sollte Erdbeermarmelade nicht auf dem Croissant balancieren wollen. Der anschließende Versuch, mit der Messerspitze den Marmeladentropfen von der Knopfleiste des nagelneuen Businesshemdes zu entfernen, der misslang gründlich. Wieder und wieder rutschte die rote Masse von der Klinge herab und erzeugte immer neue, immer größere Flecken. Das Hemd war dahin, der Tag ruiniert. Fast jedenfalls. Blaue Hemden stehen mir sowieso besser.

Im Flur vor den Hotelzimmern herrschte bereits rege Betriebsamkeit. Überall standen bunte Wagen, schwer bepackt mit all den Utensilien, die zur Herstellung professioneller Sauberkeit erforderlich sind. Die Dusche tropfte, aber nicht einfach so, sondern in einem flotten Rhythmus – kurz, kurz, lang. Das ist der Takt auch zum Zähneputzen. Bald klopfte es an der Zimmertür: »Are you sleeping?« »No, just a minute, please.« Also auschecken im Hotel. »Darf ich den Beleg an die Rechnung heften?« »Ja, gern.«

Mit lautem Geknatter der schon ganz abgefahrenen Räder meines Rollkoffers erreiche ich den Ort des Geschehens: VRD – Vereinigte Regionale Dienste. Ein imposanter Bau, mindestens zehn Stockwerke. 9:15 Uhr. Ich bin zu früh. Die Pförtnerin kramt in ihren Unterlagen, vermerkt den Namen, greift zum Telefonhörer und schickt mich zum Aufzug in den fünften Stock. »Dort bitte warten, Sie werden abgeholt.«

»Moment noch, halt!« Die Pförtnerin winkt mich zurück, um mir eine weiße Plastikkarte auszuhändigen, Aufschrift »Besucher«. Mittels einer Metallklemme von der Art, die früher für Hosenträger üblich war, ist die Karte am Sakko zu befestigen. Kein Problem.

Auf halbem Weg zum Aufzug ist ein Schild platziert: »Sondersitzung Hauptausschuss – Insonia Kliniken GmbH«, ein Pfeil nach links weist den Weg. Unwillkürlicher Blick in die angezeigte Richtung. »Loreley-Saal« ist dort zu lesen, in goldenen Lettern auf dunklem Holz. Die Tür steht halb offen, jemand ist an den Tischen beschäftigt. Davor ein Teewagen, voll mit glänzenden Thermoskannen und grün schimmernden italienischen Wasserflaschen.

Eine Stimme im Aufzug verbreitet Optimismus »Fahrtrichtung aufwärts.« Weil alles mit Glas umbaut ist, kann man unterwegs nach draußen schauen. Leider schon im fünften Stock öffnet sich die Tür; gewiss würde man ein paar Etagen höher den Rhein sehen können. Etwas unschlüssig warte ich im Gang, bis mich schließlich eine freundliche Dame heranwinkt.

Für das Assessment-Verfahren wird gerade noch ein Seminarraum hergerichtet. Türkisfarbene Stühle, wenig Tische, es wirkt hell und geräumig. Die Moderatorin hat noch mit ihren Flipcharts zu tun, bleibt aber freundlich: »Bitte einen Moment Geduld.« Wer zu früh kommt, der stört die Vorbereitung.

Ich parke den Koffer möglichst unauffällig an der Garderobe. Es bleibt ein wenig Zeit, sich umzuschauen. Auffällig sind die Bilder an den Wänden, die sicher etwas über die Unternehmenskultur aussagen sollen. Ein Schienensystem mit dünnen Plastikfäden ermöglicht wechselnde Hängungen. Zwar sind im Eingangsbereich einige der Fäden verwaist und erinnern an Angelschnüre mit Haken, die sich spiralförmig an der Wand nach oben winden.

Aber hier, in der fünften Etage, sind die Fäden allesamt straff gespannt; bestückt mit großen hellen Leinwänden, die starke Farben und schwungvolle Linien zeigen.

Was auch immer der Tag heute bringen mag, die Inspiration dieser Bilder bleibt. Sie machen Mut, es selbst zu versuchen, ein Original zu schaffen, das dann in den dienstlichen vier Wänden feierlich Einzug hält. Die Kollegen werden staunen.

Endlich treffen die nächsten Teilnehmer ein. Erneut ist die Moderatorin unterwegs Richtung Aufzug, um winkend die Neuankömmlinge herbeizulotsen.

Begrüßungsrunde, Stuhlkreis der sechs Bewerber, etwas im Hintergrund, an zwei Tischen, sitzen die Beurteiler, das Schiedsgericht in diesem Wettstreit. Die Moderatorin stellt sich vor als Veronika Holzmüller, ein Wort, ohne Bindestrich, von der Firma Knieraum Consulting. Sie dankt in Richtung der Beurteiler für den Auftrag der VRD, dieses Assessment-Verfahren konzipieren und begleiten zu dürfen. Uns Bewerbern dankt sie auch; vor allem denjenigen, die noch kurzfristig zugesagt haben. Meine Einladung kam erst vorige Woche, ich darf mich bedankt fühlen. Wahrscheinlich hatte jemand abgesagt, ich bin also Ersatzkandidat. Macht nichts, auch Einwechselspieler können Tore schießen.

Im Tonfall einer freundlichen Lehrerin erklärt die Moderatorin ihren Plan für den Tag und das weitere Verfahren. Die Unternehmensberatung Knieraum sei bekannt für innovative Konzepte. Eigens für diese Stellenausschreibung habe man ein Anforderungsprofil entwickelt, das heute nun den Aufgaben des Assessment-Verfahrens zugrunde liegt. Alle typischen Arbeitssituationen sollen abgebildet werden, schriftliche Ausarbeitung, mündlicher Vortrag, Teamarbeit und Diskussion. Immer anhand strategisch relevanter Fragestellungen. Auf Postkorbübungen und ähnliche Standards werde verzichtet. Wir seien die Gruppe der externen Bewerber, außerdem gebe es noch eine zweite Gruppe der internen Bewerber. Aus jeder dieser Gruppen kommen zwei Kandidaten in die Abschlussrunde, an der dann auch jemand aus der Geschäftsführung der Auftraggeberin teilnehme. Ob wir hierzu Fragen haben. Nein, Fragen stellt vorerst niemand.

Dann aber doch, die Frage stelle ich mir selbst. Wer kommt überhaupt für einen solchen Job in Betracht? Wer darf sich Hoffnungen machen, höhere Weihen zu erlangen? In manchen Fällen ist das sehr restriktiv geregelt. Wer englischer König werden will zum Beispiel, der muss als Thronanwärter gelistet sein. Also vorne, ganz vorne muss er gelistet sein, sonst hat er keine Chance. In der Natur sind die Regeln oft großzügiger: Ein Hirsch etwa, ein Achtender, kann durchaus einen viel größeren Rivalen, einen Zwölfender, herausfordern. Er muss nicht erst warten, bis er selbst auch ein Zwölfender ist. Doch solche Großzügigkeit ist wohl ganz praktischen Gründen geschuldet, schließlich können Hirsche nicht so gut zählen.

Sechs externe Kandidaten sind also gelistet, sie kommen in Betracht. Drei Frauen und drei Männer; ob diese Parität Zufall ist, bleibt offen. Die Moderatorin stellt uns vor. Ich bin »der Volkswirt aus Berlin, der schon in verschiedenen Positionen des öffentlichen und privaten Bereichs gearbeitet hat«. Okay, muss reichen. Mein Nachbar rechts, ein großer Kerl, eher jünger als ich, wird präsentiert als »Wirtschaftsjurist aus einer bekannten Kölner Anwaltskanzlei«. Diese Beschreibung gefällt ihm offenbar. Lässig lehnt er sich im Stuhl zurück und legt den Fuß aufs Knie. Unwillkürlich tue ich es ihm gleich. So sitzen wir also Fuß an Fuß, jeder zeigt seine Socken. Das Duell geht klar verloren. Mausgrau gegen buntgestreift, keine Chance. Dann auch noch ein diskretes Loch in Höhe des Knöchels, da nutzen auch die schönsten Schuhe nichts. Schnell zurückziehen. Für den Rest der Veranstaltung müssen die Füße in Deckung bleiben.

Dracula-Effekt
Kapitel 4

Nach der Vorstellungsrunde können wir gleich sitzen bleiben, denn es folgt eine Gruppendiskussion. Feierlich enthüllt die Moderatorin ein Blatt auf dem Flipchart mit einem Zitat, das Lord Kelvin, dem britischen Physiker, zugeschrieben wird:

»If you can't measure it, you can't improve it.«

Sie hatte diesen Satz mit dieser schönen Schrift, wie vielleicht nur Frauen sie besitzen, in der oberen Hälfte des Blattes platziert. Darunter steht, etwas kleiner, aber ebenso schön

»Bedeutung von Controlling und Kennzahlen in der Unternehmensführung«.

Jeder Teilnehmer habe erst einmal ein spontanes Eingangsstatement abzugeben, dann werde die Diskussion freigegeben und abschließend sei ein persönliches Resümee vorzutragen.

Schwer zu sagen, was man am Tisch der Beurteiler hören möchte. Beispiele fallen mir ein, von Vorgesetzten, die Kennzahlen nutzen wie Kinder ihre neu geschenkte Trommel beim Weihnachtsfest. Um etwas Positives über Kennzahlen beizutragen, zitiere ich den »Dracula-Effekt – Böses, das ans Licht kommt, zerfällt«, deshalb seien Kennzahlen, die Transparenz schaffen, grundsätzlich wichtig.

Na ja, nicht jeder hat wohl Christopher Lee vor Augen, den sich knarrend öffnenden Sargdeckel und die Sonnenstrahlen, die den Fürsten der Finsternis zu Staub zerfallen lassen. Eher wird diskutiert, was denn Controlling überhaupt bedeute. Keinesfalls nur Kontrolle, nein, nein, nein, es bedeutet Herrschaft.

Man glaubt wohl, das so sagen zu müssen, denn schließlich geht es um eine Stelle, die offenbar mit Controlling zu tun hat. Einer der Bewerber berichtet von seiner Promotion zu genau diesem Thema. Wichtig sei, das könne er sagen, verursachungsgerechte Kostenzuordnung. Die Juristen pflichten ihm bei. »Einsparung durch Umbuchung« wurde als Ergebnis unserer Diskussion auf dem Flipchart vermerkt.

Dann erstmal Pause. Die Beurteiler machen schnell noch ein paar Notizen und beeilen sich, zum Aufzug zu gelangen, mit dem sie in höhere Etagen entschwinden. Die Moderatorin scheint zufrieden, es gibt Kaffee, Wasser, Small Talk.

An den Stehtischen im Flur kommt das Gespräch zunächst nur mühsam in Gang. Man riskiert kleine Scherze. »Können Sie mir bitte das Wasser reichen?« »Ich will es versuchen« »Dürfte ich vielleicht die Konsensmilch haben?« »Gern.« »Wo kann man hier den Löffel abgeben?«

Eine Bewerberin erzählt, sie sei eine Interne. Die Vorstellungsrunde war ihr unangenehm, lieber hätte sie inkognito bei uns teilgenommen. Zum Termin der internen Bewerber, übermorgen, sei sie verhindert. Donnerstag, Gründonnerstag, direkt vor Ostern, den ganzen Vormittag, wer denkt sich so einen Quatsch aus? Die meiste Arbeit der ausgeschriebenen Stelle lande ohnehin bei ihr in der Statistik. Dr. Schubsler, der bisherige Stelleninhaber, stehe mit seinem grün-karierten Sakko ständig bei ihr auf der Matte, weil er neue Auswertungen brauche. »Herzlich willkommen auf der Arbeitsebene«, sage sie dann immer. Herzlich willkommen. Wenn diese Stelle nun frei werde, habe ihr Mann gemeint, könne sie sich auch gleich selbst bewerben.

Pling, ping – Veronika Holzmüller, die Moderatorin, tippt mit einem Teelöffel an ein leeres Wasserglas. »Wir sind nun angehalten fortzufahren.« Schöne Formulierung. Die Teilnehmer kommen zurück, manche noch mit Gläsern und Tassen in der Hand, ein letzter Schluck, dann unauffällig unter den Stuhl damit.

Die nächste Aufgabe sei sehr spezifisch für die Anforderungen der ausgeschriebenen Stelle, erklärt die Moderatorin. Es gehe um die Vorbereitung von Gremiensitzungen der Tochterunternehmen. Für die Geschäftsführung sollen die Sitzungsunterlagen aufbereitet werden. 45 Minuten Zeit, um einen entsprechenden Vermerk zu schreiben.

Jeder Bewerber bekommt einen Stapel Papier, den er

durcharbeiten muss. Dazu werden wir auf die umliegenden Räume verteilt. Es bleibt unklar, ob alle Bewerber die gleichen Unterlagen erhalten haben, in meinem Fall jedenfalls geht es um die Sondersitzung der Gesellschafterversammlung einer beruflichen Bildungseinrichtung. Die Papiere scheinen authentisch zu sein, mit Tipp-Ex mühsam auf Datenschutz getrimmt. Sachverhalt: Die Unternehmenstochter will Synergieeffekte durch Übernahme eines Mitbewerbers erzielen. Dazu soll frisches Geld bewilligt werden.

Hoffentlich mag die Geschäftsführung Bilanzkennziffern; ich berechne jedenfalls einige und schreibe ein paar Sätze über Synergieeffekte, die in den Unterlagen als Selbstverständlichkeit dargestellt werden. »Das Kochen im großen Topf ist nicht immer preiswert und schmackhaft.« Die Tochter solle gebeten werden, auch eigene Ideen für neue Geschäftsfelder zu entwickeln, statt in der Mitte des Marktes auf pure Größe zu setzen. Mal schauen, wie solche Weisheiten ankommen. Abgabe der Unterlagen an die Moderatorin. Anschließend Mittagspause.

Filettopf-Buffet
Kapitel 5

Mit dem Aufzug fahren wir runter ins Foyer. Dort sind zwei Buffets aufgebaut. Zunächst scheint es, als könne man sich zwischen Käsebrötchen und Filettopf entscheiden. Nach Intervention der Moderatorin zeigt sich allerdings, dass nur das Käsebrötchen-Buffet für die Assessment-Gruppe vorgesehen ist. Hastig faltet die Moderatorin aus einem Blatt Papier einen Tischaufsteller, den sie mit dickem Filzstift unmissverständlich beschriftet.

Kaum ist die Beschriftung erledigt, öffnet sich auch schon die Tür des Loreley-Saals und ein Mann im grün-karierten Sakko eilt heraus, um einer Gruppe von mehrheitlich dunkelblau gekleideten Damen und Herren den Weg zum Filettopf-Buffet zu weisen. Unbemerkt stelle ich meinen Teller zurück.

Für uns gibt es außer Käsebrötchen geheimnisvolles Fingerfood. Ich möchte meinen Mut beweisen und nehme eines dieser Holzstückchen mit hellbraunem Fleisch daran. Für den Filettopf musste sicher eine Kuh ins Gras beißen, das ist klar, aber beim Fingerfood stellt sich die Frage, um welches Tier es sich wohl handelt, es kaut sich so elastisch. Vielleicht sollte man doch lieber Vegetarier werden. Der Kopf jedenfalls ist beim Essen stets beteiligt.

Die Moderatorin mahnt zur Eile, wir haben heute Nachmittag noch eine Menge vor und wollen pünktlich Schluss machen. Die Assessment-Gruppe fährt also wieder nach oben. Von dem schmalen Buffet bleibt fast alles übrig. Kennt man nicht aus der Bibel so eine Geschichte, mit Fischen in einem Korb, die auch keiner essen wollte?

Oben im Assessment-Raum sind die Beurteiler bereits eingetroffen. In der Schlussetappe soll eine spontane Präsentation konzipiert und vorgetragen werden. Die Moderation schlägt auf dem Flipchart ein neues Blatt auf, was fast zur Turnübung gerät. Sechs Themenvorschläge sind aufgelistet, jeder Teilnehmer soll sich einen aussuchen. Das Thema »Bedingungen erfolgreichen Projektmanagements« hätte ich gern genommen, aber eine der Bewerberinnen war schneller. Weil ich nun zögere, bleibt schließlich nur die »Strategische Unternehmensführung im öffentlichen und privaten Bereich« übrig.

Okay, 15 Minuten Zeit; ich gehe wieder in mein Vorbereitungszimmer, in dem ein Moderationskoffer aus Aluminium auf dem Tisch steht. Edelste technische Anmutung. In einem solchen Koffer könnte man die Königin der Bohrmaschinen, die Hilti 3RD, angemessen zum Einsatz transportieren. Moderation ist harte, präzise Arbeit, wahrscheinlich ist es das, was mit dem technischen Design des Koffers zum Ausdruck kommen soll. Bunte Karten, bunte Stifte, Klebestreifen und Klebepunkte finden sich im Koffer, sauber sortiert. Auch ein blaues Nadelkissen ist dabei, das man sich wie eine Armbanduhr ans Handgelenk stecken kann.

Die roten und grünen Karten im Koffer eignen sich bestens, um sie mit den internen und externen Anforderungen an zeitgemäße Führungskultur zu beschriften. Die ersten Karten gehen schnell von der Hand, dann wird es mühsamer, knackige Punkte zu finden. Bewaffnet mit sieben Karten und dem Nadelkissen am Arm melde ich mich bereit zum Vortrag. So wie einst das tapfere Schneiderlein.

Porzellanabteilung
Kapitel 6

Eigentlich sollten alle Bewerber an den Präsentationen gemeinsam teilnehmen und auch kritische Fragen stellen können. Doch man überlegt es sich anders, die Präsentation erfolgt jeweils einzeln im Seminarraum. Die anderen Bewerber warten im Flur, bis sie dran sind.

Die interne Bewerberin macht den Anfang, ihr Thema ist die »Steigerung der Kundenorientierung des Unternehmens«, das hat sie sich ausgesucht. Nach einer gefühlten Ewigkeit kommt sie wieder heraus und entschwindet mit knappem Gruß und schnellem Schritt in Richtung Aufzug, wahrscheinlich in ihr Büro. Die Moderatorin ruft jeweils die nächsten Kandidaten herein.

Als ich schließlich an der Reihe bin, ist an den Tischen des Beurteiler-Gremiums eine gewisse Erschöpfung erkennbar. Selbst die Namensschilder – aus Papier gefaltet – sind in einen traurigen Spagat gesunken und liegen nun fast platt vor ihren Inhabern. Ein graubärtig grinsender Herr begrüßt mich als stellvertretender Leiter der Personalabteilung, Human Resources, im Hause aber auch Porzellanabteilung genannt, haha. Ich hätte mir ja ein schönes Thema ausgesucht, aber wir müssten uns jetzt ein wenig beeilen, zehn Minuten sollten auf jeden Fall genügen.

Außer Herrn Riekenbaum, der die Begrüßung übernommen hatte, ist noch Frau Heiermann von der Finanzabteilung dabei, daneben Herr Kaiser vom Hauptpersonalrat und die Gleichstellungsbeauftragte, Frau Feuerbach. »Sie wissen Bescheid«, sagt die Moderatorin, »bitte fangen Sie an.«

Okay, gut atmen, nicht zu schnell sprechen, gelassen, aber nicht lässig sein. Empathie zeigen. »Vielen Dank für die Einladung zum Termin, vielen Dank, dass ich zu Ihnen über Unternehmensführung sprechen darf«, höre ich mich sagen. »Nach außen ist Führung vor allem Diplomatie. Die relevanten Instanzen aus Wirtschaft und Politik müssen in ihren Ansprüchen bedient werden. Stakeholder einzubinden und manchmal auch auszubooten, zuweilen sogar beides gleichzeitig, ist eine hohe Kunst.« Erste Karte ans Pinboard, Farbe Rot.

»Um den steigenden Anforderungen, die von außen an das Unternehmen gestellt werden, gerecht werden zu können, ist es entscheidend, Tatkraft und Ideen der Mitarbeiterinnen und Mitarbeiter bestmöglich zur Entfaltung zu verhelfen. Wichtiger noch als eigene gute Ideen der Führung ist es deshalb, gute Ideen anderer zu erkennen und zu fördern.« Zweite Karte ans Pinboard, Farbe Grün. Der Vertreter des Personalrats hebt kurz den Blick.

»Gerade in großen Unternehmen bieten sich vielfältige Möglichkeiten für ein internes Benchmarking, das immer auch aus Sicht der Kundinnen und Kunden angelegt sein muss.« Dritte Karte ans Pinboard, Farbe Rot.

»Benchmarking erfordert Freiräume der Handlungsebene, damit neue gute Praktiken sich überhaupt erst entwickeln können.« Vierte Karte, Farbe Grün.

»Wie in der Politik der Glaube an den Rechtsstaat, so ist auch im Unternehmen, bei den Mitarbeiterinnen und Mitarbeitern, der Glaube an die Fairness der Führung sehr wichtig. Vor allem bei internen Konflikten.« Fünfte Karte, Farbe Grün. Beim Wort »Mitarbeiterinnen« blicke ich immer zur Gleichstellungsbeauftragten, die inzwischen auch ein bisschen Interesse zeigt.

»Veränderungskultur ist damit stets auch Vertrauenskultur.« Sechste Karte, Farbe Grün. »Ach nein, Entschuldigung, die Farbe müsste eigentlich Rot sein.«

»Führung impliziert die Bereitschaft, Risiken zu übernehmen. Eine Führungskraft, die nur sich selbst absichern will, verunsichert die Mannschaft wie ein Reiter sein Pferd, das dann beim nächsten Hindernis scheut.« Siebte und letzte Karte, Farbe Rot oder Grün; passt eigentlich beides. Vielen Dank, acht Minuten gebraucht.

Kurzes Schweigen. Ist es ein gutes Zeichen, wenn nach

dem Referat niemand eine Frage stellt? Herr Riekenbaum jedenfalls bedankt sich ausdrücklich, insbesondere für die eingehaltene Zeitvorgabe. Alle klopfen kurz auf die Tischplatte; nur Frau Feuerbach, die Gleichstellungsbeauftragte, will wissen, ob ich nicht etwas vergessen hätte in meinen Ausführungen. Ich betone die Bedeutung des Gleichstellungsplans und werde freundlich hinausgebeten.

Nachdem alle Bewerber ihr Referat absolviert haben, ist es kurz vor 15 Uhr. Die Moderatorin ruft die Teilnehmer noch einmal im Seminarraum zusammen. Sie lobt unser Engagement. Wir würden vielleicht noch heute, spätestens aber bis morgen Mittag per Mail ein Feedback erhalten. Nächste Woche, Donnerstag, direkt nach Ostern, freue sie sich, zwei von uns wiedersehen zu können. Der Termin sei leider etwas kurzfristig, aber wir müssen uns nach der Geschäftsführung richten. Allen anderen weiterhin viel Erfolg, vielen Dank. Sie begleitet uns ins Erdgeschoss. »Bitte vergessen Sie nicht, Ihren Besucherausweis abzugeben.«

Autoexperte
Kapitel 7

Immer schon war ich erstaunt, an den Fensterscheiben des ICE Fliegengitter vorzufinden. Kein Insekt der Welt könnte durch diese hermetisch dichten Außenscheiben nach innen gelangen. Öffnen lassen sich die Fenster auch nicht, das habe ich probiert. Inzwischen nun weiß ich, dass diese Gitter in Wahrheit dem Sonnenschutz dienen. Also, Sitz zurücklehnen, Kopf ins Kissen, Sonnenschutz hoch, ich will den Himmel sehen. Wie von Geisterhand fährt das Gitter sofort wieder runter. »Können Sie das unten lassen, BITTE« zischt eine Stimme auf dem Vordersitz. Merkwürdig, dass so ein freundliches Wort wie BITTE, einem einfachen Satz solche Schärfe verleiht.

Ich spüre etwas Erschöpfung und dieses pfeifende Geräusch im Ohr, ganz leise. Tinnitus. Eigentlich bin ich geheilt, seit damals, als ich die Pille nahm, die die Durchblutung fördern soll. Sofort berichtete ich meiner Frau, dass es nun schon viel besser sei. Sie lachte schallend. »So schnell geht das nicht, Schatzi, drei Minuten reichen nicht für eine neue Durchblutung.« Seit diesem Moment ist der Schrecken vorbei, alles nur eingebildet, Gott sei Dank Psycho, der Piepton wird verschwinden, sobald ich nicht mehr darauf warte. Zurücklehnen, schweigen, fast wäre ich eingeschlafen.

Das Handy klingelt. Unbekannte Nummer. Ich hasse es, im Zug zu telefonieren, die Nachbarn auf den Plätzen ringsum sind dann entweder genervt oder interessiert; beides ist mir nicht recht. Zum Telefonieren stehe ich auf, gehe in den Zwischenraum, der die Wagen im Zug voneinander trennt; dort steht zwar schon eine junge Frau, die telefoniert, aber das muss jetzt egal sein.

»Hier ist das freundliche Autohaus!«, brüllt jemand in den Hörer. Es ist Herr Benning von der Berliner Werkstatt, der ich meinen alten Saab 95 immer wieder anvertraue. »Ihr Wagen ist fertig. Es wäre schön, wenn Sie ihn morgen bis 12 Uhr abholen. Wir machen dann Betriebsferien.« »Oh, sehr gut, woran hat es denn gelegen?« »Ach, was soll ich sagen. Es ist halt kein Neuwagen mehr, da ist die Motorleistung reduziert, zwangsläufig.« »Hm.« »Wir haben den Turbolader ausgebaut, der ist an sich in Ordnung.« »Ah.« »Wussten Sie, dass der Keilrippenriemen so gut wie durch war?« »Äh, nein, wusste ich nicht.« »Wenn der Keilrippenriemen reißt, ist der Motor hinüber. Für Sie haben wir einen neuen beschafft und eingebaut, das war schwierig bei dem Baujahr und dieser Marke, ich zeige Ihnen das morgen mal, kostet leider eine Kleinigkeit.« »Ah, okay, ja, ich komme morgen etwa um 11 Uhr und hole den Wagen ab.«

Sicher werde ich mir morgen alles zeigen lassen, aber es nützt nicht viel; sobald die Motorhaube aufgeht, bin ich kein Autoexperte mehr.

Wuppertal
Kapitel 8

Im Bahnhof Wuppertal findet mein Glück ein jähes Ende. Von hinten kommt ein Mann unbemerkt mit viel Gepäck, großem Koffer und zwei Taschen. Schnaufend baut er sich vor Platz 37 im Wagen 16 auf. Er ringt um Atem, kann kaum sprechen, wedelt aber mit der Hand unmissverständlich in meine Richtung. Weg da, weg da, weg.

Der Nutzen altmodischer Höflichkeit ist evident. Sie verschafft dem Gegenüber etwas Zeit, seine Ich-Maschine zu booten. Ohne diese Zeit können auch bei sanftmütigen Menschen Abwehr-Reflexe ausgelöst und überraschende Konflikte hervorgerufen werden. In diesem Fall lässt sich das knapp vermeiden.

Im ersten Moment erscheint es mir auch, als kenne ich den schnaufenden Herrn mit dem Koffer. Er sieht aus wie der Finanzbuchhalter eines Baulöwen, den ich einmal erleben durfte. Er – der Baulöwe – hatte es geschafft, aus bescheidenen Verhältnissen ganz nach oben zu kommen, auf Augenhöhe fast mit den wirklich Großen aus Industrie und Politik. Diese Geschichte seines unerhörten Erfolges, den er sich in einer harten Branche über Jahre und Jahrzehnte hinweg erkämpft hatte, erfüllte ihn nun – im Alter von fast achtzig Jahren – voll und ganz. Die Überzeugung reifte in ihm, dass alles, was er sagte und tat, nur richtig sein kann, denn sonst – »was glauben Sie« – hätte er sich ja wohl niemals gegen so viele Feinde behaupten können.

Der Termin damals, an dem auch der Finanzbuchhalter teilgenommen hatte, besaß alle Attribute einer Audienz. Es ging um eine große Veranstaltungshalle, die zu seinem Imperium gehört. Wir waren dort mit einer Delegation des örtlichen Sportclubs. Wir mieten die Halle oft und gern. Wir kommen nur, wenn kein anderer dort ist. Wir zahlen doppelt so viel, wie wir kosten. Und doch besteht er darauf, dass er mit uns nur Verlust macht, denn schließlich müsse man ja auch die Fixkosten, vor allem die Abschreibung durch Zeitablauf, berücksichtigen. Der Finanzbuchhalter nickte geflissentlich.

Eigentlich liebt der Baulöwe den Sport, wenn die Sportler auch ihn lieben und tun, was er verlangt. Dann ist es ein faires Geschäft, dann will er gern zahlen. Nun aber gab es Widerworte. Man musste sich einigen. Er wollte jetzt tun, was er immer getan hat, wenn es um das Geschäftliche geht. Schlau und hart verhandeln. Doch die Dinge waren unübersichtlich geworden. Vieles lag im Dunkeln. Er musste sich auf seine Intuition verlassen und sein Misstrauen gegen jedermann stieg von Tag zu Tag. Das Geheimnis seines Erfolges wurde ihm selbst immer mehr zum quälenden Rätsel.

Es gab dann noch einen Folgetermin mit dem Baulöwen. Viel prosaischer als die Audienz im besten Saal des Imperiums. Dafür waren die Wirtschaftsprüfer dabei, die prompt in Streit gerieten. »Ihr Testat können Sie sich in die Haare schmieren!« Beleidigte Berater geben einem Konflikt noch einmal eine ganz neue, eigene Dynamik.

Aber nein, der keuchende Mann mit dem Koffer ist nicht der Finanzbuchhalter des Baulöwen; eher wohl ein Rechtsanwalt, jedenfalls legt er schon mal eine imposante Akte auf den Klapptisch vor meiner Nase. Ungeduldig wartet er, bis ich endlich Platz mache.

Auf dem Weg durch den Zug komme ich an einem jungen Pärchen vorbei, das sich in einer Nische vor der Wagentür auf dem Boden sitzend ganz passabel eingerichtet hat. Er ermahnt sie, im Bahnhof immer wieder durch das Tür-fenster aufs Gleis zu schauen, als Abschreckung, damit an dieser Tür niemand einsteigt. Das scheint zu funktio-nieren, aber ich kann mich nicht dazusetzen.

Heureka
Kapitel 9

Ein freier Sitz findet sich schließlich neben einem Herrn, der ganz in sein Handy vertieft ist. »Ja, ich dich auch«, flüstert er ins Telefon. Das klingt nett, das sagt schon viel. »Ja, du mich auch« würde auch viel sagen, aber nicht nett klingen.

Mein neuer Nachbar ist auch sonst sehr gesprächig. Kaum hat er sein Handy beiseitegelegt, erklärt er mir, dass der Platz, auf dem ich nun sitze, eigentlich gar nicht frei sei. Er habe ihn nämlich reserviert für seinen Bekannten, der dann aber nicht mitfahren konnte, weil er es schwer im Rücken hat. »Ischias, Sie wissen schon.« »Sie meinen, wenn der Bekannte krank ist, sollten wir ihn nicht auch noch kränken und seinen Platz gleich neu besetzen?« Er lächelt ein wenig. »Nein, im Zug ist das schon okay.«

Der eben noch strenge Schaffner ist inzwischen zum freundlichen Kellner geworden, ein Privileg der ersten Klasse. Fraglich, ob diese dauernden Metamorphosen wohl schwierig sind. Wahrscheinlich nicht, wenn echte Wertschätzung ganz authentisch durch angemessenes Trinkgeld zum Ausdruck kommt. Mein Nachbar bestellt Rotwein und Käsebaguette. Ich überlege, ob ich es ihm gleichtue. Lasse es aber bleiben, denn erstens ist mit der alkoholischen Gärung nicht zu spaßen und zweitens kann ich Krümel auf dem Sakko nicht leiden.

Für die Krümel sorgt dann der Nachbar. Er spricht mit

den Händen. Der Wein macht ihn leutselig. Er habe es endlich geschafft, in Köln ein Museum zu besuchen, das er immer schon sehen wollte. Auf den Spuren der Antike, Römer und Germanen im Rheinland. Sehr eindrucksvoll, man spürt so etwas wie die »Gegenwart der Ewigkeit«. Er kramt in seiner Tasche und zieht zwischen einigen Prospekten des Museums ein dickes Buch hervor: Bertrand Russel, »Philosophie des Abendlandes«, ob ich das kenne? Äh, nein, sorry, nein.

Dieser Russell, der sei früher sehr bekannt gewesen. Mathematiker zwar, aber trotzdem wunderbar klar und logisch in seinen Ausführungen. Man versteht, dass Philosophie die Quelle unseres gesamten Denkens ist. Heute herrschen die Spezialisten, aber früher, bei den alten Römern und Griechen jedenfalls, da hatte jede Wissenschaft ihren Ursprung in der Philosophie. »Ganzheitlich, verstehen Sie?«

Nun, aus der Biologie kenne man Beispiele für grenzüberschreitendes Denken. Konrad Lorenz etwa habe seine Regeln der Verhaltensforschung, die er an buntscheckigen Kampffischen beobachtete, nahtlos auf die Graugans, die Zwergziege und den Menschen übertragen.

Solche Beispiele seien bekannt, aber was ist, wenn es über die Grenzen der Fächer und Fakultäten hinaus geht? »Was ist zum Beispiel mit dem physikalischen Gesetz der Massenanziehung, der Gravitation, die Newton einst entdeckte, kann man mit diesem Gesetz erklären, warum große Städte immer größer werden? Besteht auch dort eine Art Massenanziehungskraft?« Mein Nachbar legt eine kurze Pause ein, um die Wirkung seiner Worte zu beobachten. Er scheint zufrieden und fährt fort.

Anderes Beispiel, Werner Heisenberg, deutscher Physiker, beschreibt in der »Unschärferelation«, dass physikalische Größen sich verändern, wenn sie gemessen werden. »Ändern wir nicht auch unser Verhalten, wenn wir beobachtet werden? Kann also die Physik, die Logik der Atome, Erklärungen liefern für die Logik der Sozialwissenschaften?« Das sollte ich mir mal überlegen. Er trinkt seinen Wein aus und putzt die Krümel von der Hose.

Das Wichtigste vielleicht, fährt er fort, sei die Feststellung, dass es keine geheime Logik gebe, sondern immer nur eine öffentlich nachvollziehbare. Wenn etwas logisch sei, müsse im Prinzip jeder es verstehen können. Wie der Weg durchs Labyrinth, den jeder gehen könne, wenn er ihm gezeigt wird. »Es gibt kein Gottesgnadentum des Verstehens. Keine Gefahr, dass du nicht zu den Auserwählten gehörst.« Das würde er auch seinem Enkelsohn immer sagen, wenn der bei den Schulaufgaben verzweifelt.

»Respekt, nur wenige Großeltern können ihren Enkeln bei den Hausaufgaben helfen«, sage ich zu ihm. »Na ja, die Aufgaben lösen kann ich natürlich auch nicht. 10. Klasse Mathematik, wo denken Sie hin, ich bin Jurist. Aber den philosophischen Hintergrund kann ich aufzeigen, das hilft dem Jungen enorm.«

Mein Sitznachbar ist jetzt richtig in Form. Er kramt ein

zweites Buch aus seiner Tasche, über die »Freiheit der Forschung« und ihr Verhältnis zur Obrigkeit; nach einigem Blättern findet er die richtige Stelle und liest aus einem fiktiven Brief.

»Im Jahre 1609 schrieb Johannes Kepler an den Papst:
Herr Papst, Herr Papst, eure Unfehlbarkeit hat ein neues Beispiel gefunden. Ihr habt Recht getan, diesem Galileo Galilei zu misstrauen. Denn die Erde dreht sich keineswegs im Kreis um die Sonne. Nein. Meine Forschungen haben bewiesen, dass es Ellipsen sind. Ellipsen! Eure Heiligkeit. Ellipsen.«

Seit dieser Zeit hätte der Papst die Nase voll gehabt von der Physik und sich rausgehalten. Das sei ja auch nicht schlecht, meint mein Nachbar.

Um mit ihm auf Augenhöhe einigermaßen mitschweben zu können, erzähle ich eine Anekdote, die ich mal irgendwo gelesen habe. Von einer Gruppe berühmter Physiker, die eine philosophische Bergwanderung unternahmen und dabei die begrenzten Möglichkeiten des menschlichen Geistes beklagten. In der Küche der Berghütte war ihnen dann aufgefallen, dass man selbst mit schmutzigem Wasser und einem schmutzigen Lappen ein schmutziges Glas sauber wischen kann. Aus dieser Erfahrung schlossen sie zuversichtlich, dass auch der unvollkommene menschliche Geist zu höherer Erkenntnis fähig sein müsse. Das könne man, sage ich zu meinem Nachbarn, wohl Zufall in der Forschung nennen, mit etwas Reinigungsmittel in der Berghütte, Kernseife vielleicht, wäre uns womöglich die Atombombe erspart geblieben.

Mein Nachbar ist beeindruckt wie ein Golfspieler, dem man vom Minigolf erzählt. Er scheint nachzudenken. »Darf ich fragen, was Sie beruflich tun? Sind Sie im öffentlichen Dienst?« »Hm, ja.« »Kennen Sie die geheime Arithmetik des öffentlichen Dienstes? Nein? Dann hören Sie gut zu:

Einfacher Dienst – Schema F / mittlerer Dienst – Schema Doppel-F / gehobener Dienst – Schema F zum Quadrat / höherer Dienst – Wurzel aus Schema F zum Quadrat.

Verstehen Sie: Wurzel aus Schema F zum Quadrat, ha, ha.« »Hm, ja.« »Ganz oben ist es wieder ganz einfach, da müssen Sie hin. Ich war auch dort.« »Ja, vielen Dank.«

Wir diskutieren dann noch einige Zeit über die Frage, ob es auf unsere Entscheidungen im Leben überhaupt ankommt. Oder ob das Schicksal nicht ohnehin alles vorbestimmt. Seit Jahrtausenden streiten die Philosophen über dieses Problem. Mit Wollust streiten sie, obwohl doch empirische Evidenz den Disput längst geklärt haben sollte; schließlich sei schon beim philosophischen Spaziergang zu entscheiden, ob man eine Jacke anzieht oder ohne Jacke rausgeht. Bei den meisten Philosophen bestimmt das wahrscheinlich die Ehefrau. Höhere Mächte seien also auf jeden Fall im Spiel. »Dumm darf man ruhig sein, man muss nur eine schlaue Frau haben«, das scheint uns die passende Devise. »Heureka.«

Hagen
Kapitel 10

Leider schon im Bahnhof Hagen steigt mein Nachbar aus. Das ist ungewöhnlich, denn in Hagen steigt selten jemand aus. »Denken Sie an meine Worte!«, sagt er zum Abschied. »Ja gern, welche Ihrer Worte meinen Sie?« »Wurzel aus Schema F zum Quadrat, Sie wissen schon.« »Ach ja, natürlich, danke.«

Weiter geht die Fahrt. Während sich pfeifend und schnaufend die Türen schließen, rutsche ich rüber zum freien Fensterplatz. Auf dem Bahnsteig sehe ich meinen Sitznachbarn entschwinden, der noch seine Taschen sortiert, um die Gemahlin angemessen begrüßen zu können.

Hoffentlich gibt es bald eine Rückmeldung zum Assessment-Verfahren. Ich muss wissen, ob ich ein Problem habe. Ein Terminproblem. Meine Frau will genau in der Woche nach Ostern Richtung Ostsee fahren, nach Greifswald, zu einem Treffen ihrer Seminargruppe.

Wer in der DDR studiert hat, dem ist »seine« Seminargruppe offenbar ein ewiger innerer Halt im Leben. Eine Verkörperung akademisch-solidarischer Gemütlichkeit, die sich durch erlebte Gemeinsamkeit dauerhaft verfestigt. Im Vergleich dazu scheinen die Alumni-Klubs der Universitäten des Westens wie eine müde Marketingidee.

Genau zum Termin der zweiten Assessment-Runde, am

Donnerstag nach Ostern, ist das Treffen der Seminargruppe geplant. Wenn ich meiner Frau beichten will, dass
ich nicht mitkomme, obwohl ich es versprochen habe,
müsste ich es heute Abend tun. Ich hätte auch ein gutes
Argument: »Schatzi, was soll ich da?«

Weil aber nicht sicher ist, ob dieses Argument ausreicht,
müsste ich wohl erstmal erklären, wo ich heute gewesen
bin. Eigentlich würde ich es auch gern tun, denn »Heim-
lichkeiten sind Schlechtigkeiten«, hat meine Oma immer
gesagt.

Andererseits könnten solche Bewerbungs-Eskapaden irri-
tierend wirken, wie ein Zeichen von Unzufriedenheit, die
sich womöglich zur Quelle von Unzuverlässigkeiten aller
Art entwickelt. »Durch Misstrauen kann man viel Mist
bauen«, heißt es doch immer, das will ich nicht unnötig
forcieren. Außerdem wäre mir eine Absage unangenehm.
Ich will mich verkaufen, doch man will mich nicht haben,
das ist keine Heldenstory. Nein, völlig klar, wenn bis zur
Ankunft in Berlin keine Zusage kommt, werte ich das als
Absage und decke den ewigen Mantel des Schweigens
darüber. Nachschauen, neue Mails? Fehlanzeige.

Dann aber doch, das Handy piept. Meine Frau fragt, ob
ich morgen im Homeoffice bin. Wenn ja, könnte ich vielleicht erstmal mit dem Hund raus, morgens.

Morgens ein Spaziergang ist überhaupt kein Opfer, vor
allem im Frühling, wenn die Sonne das Leben allerorten
inspiriert. Meist gehen wir – der Hund und ich – durch

den Stadtpark. Im dortigen Teich treffen sich um diese Jahreszeit die Frösche zum Gruppensex. Vor dem Teich hat die Naturschutzbehörde ein großes Schild aufgestellt, man solle kommen, schauen und staunen über die Wunder des Lebens. Eigentlich müsste man jetzt, im Frühling, »frei ab 18 Jahre« dazu schreiben.

Der Hund macht den Spaziergang zum lehrreichen Vorgang. Man lernt, wie unterschiedlich doch die Interessen sind. Während ich überlege, was wohl passiert, wenn er an den Elektrozaun pinkelt, ist der Vierbeiner von solchen Bedenken völlig unbelastet; Spurensuche geht vor. Alle drei Meter bleibt er stehen und wir veranstalten ein Tauziehen mit der Hundeleine. Lässt man ihn ohne Leine laufen, ist hohe Psychologie gefragt. Rennt er weg und kommt nicht zurück, darf man seine Wut keinesfalls hinausschreien: »Komm her, verdammt, du kommst sofort hierher!« Wenn er überhaupt kommt, dann nur auf zuckersüßes Gesäusel: »Ja, wo ist denn das Hündlein? Hier ist ein Leckerli. Ei, komm, komm, komm.«

Diese Erfahrung, dass zuckersüßes Gesäusel oft mehr bringt als wilder Zorn, ist auch gesellschaftlich nutzbar. Der Text freilich muss im menschlichen Miteinander etwas abgewandelt werden.

Die Antwort fällt deshalb leicht. »Hallo Spatzi – planmäßige Ankunft in Berlin-Hbf. 20:14 Uhr, um 21 Uhr bin ich hoffentlich zu Hause«, schreibe ich meiner Frau. »Bin morgen Vormittag in Heimarbeit, gehe vorher mit dem

Hund raus und hole zwischendurch das Auto aus der Werkstatt – Kussi, Kussi.« So, das wäre geklärt.

Mit dunkelblauem Arbeitsanzug und hellblauer Tüte geht ein Mann durch den Zug. Er sammelt Müll. Fragt, ob ich die dicke Zeitung noch brauche, die im Gepäcknetz am Sitz vorne steckt; doch, ja, danke, die Zeitung lese ich noch.

Goldräuber
Kapitel 11

Diese Aufgabe heute Morgen mit den Sitzungsunterlagen, die im Assessment aufbereitet werden mussten, fühlte sich seltsam vertraut an. Erinnerung an den ersten Job nach der Uni, die berufliche Kindheit gewissermaßen. Interessante Zeit damals, als Assistent eines Hauptgeschäftsführers. Doch der Anfang war schwer. Wochenlang gab es fast nichts zu tun und dann – kurz vor dem Ende der Probezeit – der Lapsus: Einladung im Auftrag der Hauptgeschäftsführung zu einer wichtigen Sitzung in den Raum mit der Nr. 19-03, der sich als Damentoilette entpuppte. Plötzlich wurde es knapp mit der Festanstellung.

Sollte man also einen neuen Job antreten mit dem Risiko des Scheiterns? Sobald die Chemie nicht stimmt, kann die kleinste Ursache die größte Katastrophe auslösen.

Insbesondere der Verlust des Chefpostens hat seine ganz eigene bittere Psychologie. Du bist plötzlich kein Vertreter des Systems mehr, stehst nicht mehr auf der offiziellen Seite der Macht. Dein Lieblingsargument »Ober sticht Unter« ist nicht mehr auf deiner Seite. Die Rolle der beleidigten Leberwurst lässt sich heldenhaft nicht spielen. Die einzige heroische Position, die jetzt bleibt, ist die des Rebellen, der gegen die bestehenden Verhältnisse kämpft. Das ist ungewohnt, sehr ungewohnt und kaum glaubwürdig, das möchte ich mir gern ersparen.

Wahrscheinlich ist der Wille, Macht zu erlangen und zu kumulieren, ein menschlicher Urinstinkt; ähnlich dem, Goldschätze zu sammeln und zu horten. Die Goldräuber aller Zeiten jedoch haben erfahren müssen, dass ihr Schatz, kaum geraubt, gleich auch geschleppt werden muss. Aus dem Triumph wird die Notwendigkeit, aus dem Sieg die Plackerei.

Genau darum ist dieser ersehnte Moment der Machtübernahme oft nur ein kurzes Glück, eine Eruption, der unmittelbar die Metamorphose folgt. Aus der Macht, für alles zuständig zu sein, entsteht sogleich die Pflicht, für alles Sorge zu tragen. Nach dem Prinzip der Führungsspitze »Keine Details bitte« fließt die Macht dann nahezu unbemerkt zurück auf die Arbeitsebene, zu den Stabsstellen und Sonderbeauftragten, zum »Stab im Staate«. Dort wäre dann wohl mein neuer Job verortet.

Vielleicht gibt es auch so etwas wie eine Verzinsung der Macht. »Macht macht mächtiger!« Ist das so? Keine Ahnung.

Über Lautsprecher gute Nachrichten vom Zugchef »Wir erreichen den Bahnhof Hamm-Westfalen heute pünktlich um 17:02 Uhr.«

Hamm
Kapitel 12

Bahnhof Hamm ist immer kritisch. Ein zweiter Zug aus Dortmund wird hier angekoppelt. Wenn der Dortmunder zu spät kommt, sind wir alle zu spät. Diesmal klappts mit dem zweiten Zug.

Auf dem Handy immer noch keine Mail zur Bewerbung, aber Milka sucht Schokoladentester. Immerhin. Wenn ich es richtig verstanden habe, kommt heute Abend die Geschäftsführerin in die Kölner Verwaltung. Mit ihr will man abstimmen, wer von den externen Bewerbern für nächste Woche eine Einladung erhält. Es kann also dauern, keine Sorge.

Fragend steht ein zugestiegener Gast im Gang: »Ist hier die normale Klasse?« Jemand zeigt auf die Glastür mit der Ziffer »1«. Der Gast verschwindet ohne erkennbares Bedauern. Die erste Klasse ist aus der Schulzeit jedermann in guter Erinnerung, aber im Zug gibt es eigentlich keinen Grund, unnormal zu reisen, wenn man sich in der normalen Klasse auf zwei Sitzen einrichten kann. Ein Upgrade als Joker-Card ist mein offizieller Geheimtipp.

Der Zug fährt an; beruhigendes Gefühl, bewegt zu werden. Sicher sind schon viele große Ideen unterwegs entstanden, bei Fahrten mit der Eisenbahn. Plakatwände sausen am Fenster vorbei: »Mach's mit.« – »Mach's mit.« – »Respekt, wer's selber macht.«

Hinter der Straße am Horizont sieht man Felder, auf denen Traktoren ihre Arbeit verrichten. Eigentlich wäre ich gern Bauer geworden. Mein Vater war in dieser Branche tätig, aber ohne eigenen Hof, im Angestelltenverhältnis. Meine Oma, seine Mutter, hat mich oft gefragt: »Was ist dein Papa?« »Gutsinspektor.« »Ja, richtig.« So war mir immer klar, dass Gutsinspektor etwas Gutes ist. Heute begegne ich der Landwirtschaft nur noch als Spaziergänger und Zaungast. Die Jungs und Mädchen auf ihren riesigen Maschinen können nicht ahnen, dass dort am Feldrand ein Bruder im Geiste steht. Hoch lebe die Zuckerrübe, möchte ich ihnen zurufen, aber das würde sie wohl nur wundern.

Inzwischen ist mein Vater längst Rentner der Landwirtschaft. Ausführlich studiert er nun jeden Tag seine Zeitungen; auch die großen, überregionalen. Er liebt Geschichten über den schlussendlichen Triumph von Treu und Glauben gegen Habgier und Missgunst. Davon kann er nicht genug bekommen. Seine Helden und Schurken tummeln sich meist im Wirtschaftsteil.

Weil Kassel in Deutschlands Mitte liegt, lässt sich bei mancher Fahrt ein Abstecher im Hotel »Papa« einrichten. Oft sitzt er dann vor seiner Zeitung, die er feierlich auf dem Wohnzimmertisch ausgebreitet hat. Wir diskutieren über Altes und Neues in der Politik, in der Welt und überhaupt. »Seit dem Urknall ist alles in Bewegung!«, habe ich neulich zu ihm gesagt. »Das Althergebrachte ist nichts als ein Zufallsprodukt vergangener Umstände. Alte Antworten auf neue Fragen sind sinnlos.« Solch gönnerhafte

Fortschrittlichkeit ärgert ihn enorm. »Man sollte doch, bitte schön, von allem Neuen verlangen können, dass es seine Überlegenheit gegenüber dem Alten beweist. Schließlich ist klar, was man hat, aber unklar, was man bekommt.« Dann blättert er in seiner Zeitung und zeigt Vorschläge, die sich als Rückschläge entpuppt hätten; Berichte über Datenschutzprobleme in den sozialen Medien zum Beispiel.

Die Frage treibt ihn um, ob all die neumodischen Dinge, von denen dauernd die Rede ist und die er nicht recht einschätzen kann, ob diese Dinge wirklich ein anderes Denken erfordern oder ob es sich – wie er vermutet – um Neuauflagen des ewig Gleichen handelt.

Oft diskutieren wir auch über die Standhaftigkeit und ob sie zu loben sei. Mein Vater besteht darauf, dass ein alter Mensch, der nicht beharrlich an seinen Lebensgewohnheiten festhält – »Nenn das ruhig Sturheit, wenn du willst!« – nur rumgeschubst und am Ende womöglich in ein Heim abgeschoben wird. Aktuelle Beispiele aus der Nachbarschaft kennt er zuhauf. Andererseits – das bestreitet er nicht – gibt es schon ein paar Dinge, die neu und nützlich sind. So einen Pieper zum Beispiel, mit dem man notfalls Hilfe rufen kann, trägt er stets bei sich. Meist einigen wir uns in der Diskussion, dass es so etwas wie die »optimale Sturheit« geben muss; beharrlich sein in den eigenen Gewohnheiten, aber aufgeschlossen für den Teil des nützlichen Neuen, der individuell notwendig ist.

Bielefeld
Kapitel 13

Bielefeld erreichen wir um 17:36 Uhr. Was diese Stadt betrifft, bin ich voll im Bilde. Alle Bielefelder sind pragmatische Leute und bevorzugen es, ohne unnötige Aufregung durchs Leben zu gehen. Stichprobe $N=2$.

Pünktlich geht die Fahrt weiter. Der Magen meldet Hunger. In der Mitte des Zuges befindet sich der Speisewagen; sicherheitshalber Aktentasche auf den Sitz stellen, damit jeder sieht: »Hier ist besetzt.«

Der Speisewagen ist gut besucht, ziemlich voll, aber ein Zweiertisch wird gerade frei. Mit einigen schnellen Griffen räumt die Kellnerin Tassen und Teller beiseite, fegt die Krümel vom Tisch. »Bitte nehmen Sie Platz.« Die Speisekarte ist gleichzeitig eine Art Papiertischdecke, auf der ein Meisterkoch verschiedene Gerichte empfiehlt, die allesamt seiner persönlichen Supervision unterliegen. Es gibt »Rindfleisch von der Färse«, das kommt mir komisch vor, Rinder haben bestimmt nicht viel Fleisch an der Ferse. Also bestelle ich Königsberger Klopse und Bionade, die Kellnerin nickt und saust in Richtung Kombüse davon.

Ein weiterer Fahrgast schlendert in den Speisewagen, sucht einen Platz. Verdammt, das ist der Wirtschaftsjurist aus Köln, der mit den Ringelsocken aus dem Assessment-Verfahren. »Ist hier noch frei?« »Sicherlich, gern.«

Interessanter Typ, etwas umständlich platziert er sich auf dem tomatenroten Kunstledersitz. In der Gruppendiskussion heute Vormittag war er ziemlich dominant. Ausgestattet mit dem Talent offenbar, ganz einfache Fragen zu stellen und ganz einfache Forderungen zu formulieren. Völlig unbeeindruckt von den Zumutungen, die dies für Mitarbeiter und Mitstreiter bedeuten mag. Ein Chef aus dem Bilderbuch, mit dieser Aura edler Unfähigkeit, die John Cleese bei Monty Python so perfekt verkörperte. Niemals würde man von ihm etwas Konkretes erwarten wollen, aber in Streit mit ihm möchte man auch nicht geraten.

Ja, er fahre jetzt auch nach Berlin, um die Ostertage bei seiner Lebensgefährtin zu verbringen. Wie es mir denn gefallen habe heute und ob schon eine Nachricht aus Köln eingetroffen sei, will er wissen. Unterdessen bringt die Kellnerin Königberger Klopse und Bionade, er bestellt Chili con Carne, extra scharf, caramba! Und ein Hefeweizen, alkoholfrei. »Bitte fangen Sie an, sonst werden die Klopse kalt.«

»Nun, na ja, interessant war es schon«, sage ich zwischen zwei Klopsen. »Ein riesiger Laden halt, zehnmal so groß wie mein jetziger Arbeitgeber, der immerhin auch bundesweit tätig ist. Aber über die Stelle selbst war nicht viel zu erfahren.«

So schlecht könne die Stelle nicht sein, er habe gehört, dass der Amtsinhaber, dieser Dr. Schubsler, Geschäftsführer eines Tochterunternehmens geworden sei. Ein gutes Sprungbrett also, obwohl nur Stabsstelle. Wenn die ihn nächste Woche einladen, dann fahre er wieder hin, auf jeden Fall, das stehe fest für ihn. Sein Chili kommt, er bezahlt gleich, steckt Schlips und Serviette ins Hemd und löffelt drauflos.

Ob ich schon etwas aus Köln gehört habe, fragt er noch einmal. »Nein, noch nicht.« »Nein, ich auch nicht.« Wir essen und schweigen. Sein Handy klingelt, er schiebt den halbvollen Teller Chili nach vorn, nickt mir zu und entschwindet mit dem Telefon am Ohr. »Seidensticker, guten Tag.«

»Sehr geehrte Fahrgäste, in wenigen Minuten erreichen wir planmäßig den Hauptbahnhof Hannover. ... Ausstieg in Fahrtrichtung links.« Ich zahle bei der Kellnerin. »Brauchen Sie den Beleg?« »Nein danke, meine Frau glaubt mir auch so.«

Zurück am Platz sorgt die Bahn für Lektüre. Ich blättere im Magazin »mobil«, das überall großzügig ausliegt. Auf dem Titelbild ein Prominenter, den ich nicht kenne. Weiter hinten ein Bericht über das Deutsche Historische Museum in Berlin und dessen aktuelle Ausstellung »Kaisertum im Mittelalter – Formen von Herrschaft und Macht«.

Geschichte ist immer interessant. Im günstigen Fall lässt sich aus den Wechselfällen der historischen Ereignisse etwas herausarbeiten, das ewig wiederkehrt. Menschliche Eigenschaften, die unter den verschiedensten Umständen immer aufs Neue zum Vorschein kommen. Das Magazin

»mobil« zitiert einen berühmten Historiker mit einem bemerkenswerten Satz:

> »Wenn ein Adeliger im Mittelalter morgens aufwacht und an seinen König denkt,
> dann quält ihn nur eine Frage: ›Warum er und nicht ich?‹«

Das Mittelalter ist vorbei und adelig bin ich auch nicht, aber der Drang und Zwang ist noch zu spüren. Hinauf, hinauf, zum Gipfel hin. Genau darum sitze ich jetzt hier im Zug und fahre zurück von Köln nach Berlin.

Hannover
Kapitel 14

In Hannover trifft die Bundesbahn eine moralische Entscheidung, die man selbst so ohne Weiteres vielleicht nicht zustande gebracht hätte. Wir warten auf einen verspäteten Anschlusszug! Damit die Reisenden im anderen Zug pünktlich sind, wird unser Zug unpünktlich und wir verpassen jetzt vielleicht unsererseits den Anschlusszug, der dann womöglich nicht wartet. Unfreiwillige Selbstlosigkeit. Eigentlich ein Fall für die Ethikkommission.

Wir verweilen also in Hannover auf Gleis 7 »voraussichtlich zehn Minuten«, sagt der Lautsprecher und bedankt sich im Namen der Deutschen Bahn für unser Verständnis. Keine Ursache. Wartender Blick ringsum. Auf der anderen Seite des Bahnsteigs tut sich etwas. Ein Zug rollt ein, dessen Ziel für mich ein Sehnsuchtsort ist: Kassel. Die Hauptstadt Nordhessens. Den Landkreis ringsum, das nenne ich Heimat, von dort stammen die Filme, die in den kleinen Sälen des Kinos im Kopf immer wieder laufen. Eigentlich sollte jeder Zug nach Kassel fahren.

Hessen an sich ist ja eher bekannt für den Süden. Mit unvergleichlicher Poesie wurde dies einst auf den Punkt gebracht: »Es will mer net in de Kopp ’enei, wie kann nur e’ Mensch net von Frankfort sei!« Dem Dichter dieser Zeilen (Friedrich Stoltze) hat seine Heimatstadt dafür ein Denkmal gesetzt. Daneben aber gibt es auch den hessischen Norden, das Land der Gebrüder Grimm, wo man den Käse kocht und die Wurst, bis sie endlich alt genug ist, an die Küchenwand hängt.

Sobald meine Frau nordhessische Heimatgeschichten hört, wird sie auf eine harte Probe gestellt. Zum Beispiel bei der Story von unserer schönen Fahrradtour durch die benachbarten Dörfer – Ostern 1974.

>Damals fuhren wir zuerst nach Altenhasungen, dort hatte meine Mutter Ostereier versteckt, dann weiter nach Wenigenhasungen, zu einem schönen Picknick, anschließend ganz steil hinauf nach Burghasungen (puh) und dann (hui) hinab nach Oelshausen und Viesebeck.«

Nach Wenigenhasungen ist alle Zurückhaltung vergebens, meine Gattin prustet los, hält sich den Bauch vor Lachen. »Warum wart ihr nicht in Kleinhasungen?« »Weil es Kleinhasungen nicht gibt!« »Bist du sicher?« »JA!« »Schade.«

Selbst für die Verhältnisse im Landkreis Kassel etwas abgelegen lebten meine Eltern auf einem altehrwürdigen Gutshof. Dessen Abgeschiedenheit lockte auch zivilisationsflüchtige Künstler an, die hier Muße, Inspiration und günstigen Wohnraum finden konnten. Den ersten dieser Künstler, einen Maler, wollte meine Mutter gern unterstützen. Doch statt ihm eines seiner Bilder abzukaufen, beschloss sie, er solle etwas Vernünftiges malern. Sie nötigte ihn, einen großen alten Schrank anzustreichen, der zu ihrer Aussteuer gehört hatte. Gegen Honorar, versteht sich. Wir Kinder haben dem Maestro bei dieser Arbeit zugeschaut. Trotz des Lobes meiner Mutter, »Sehen Sie, das können Sie doch auch ...«, war er für ein zweites Engagement nicht zu gewinnen.

Ein tägliches Thema auf dem abgelegenen Gutshof war der regelmäßige Einkauf all der Dinge des ständigen Bedarfs, die Garten und Hof nicht eigenständig generieren. Dazu musste man in die Stadt fahren. Meine Mutter hatte sich zu diesem Zweck mit einer Nachbarsfrau zusammengetan, das funktionierte gut. Nur die Abrechnung dieser Einkäufe geriet mitunter zum komplizierten Ritual.

In der Szene, an die ich mich erinnere, ging es wohl um 20,– DM, einen grünen Geldschein jedenfalls. Meine Mutter und ihre Nachbarin steckten sich diesen Schein abwechselnd in die Kittelschürze. »Nein, danke, danke, das kann ich nicht annehmen, das war doch selbstverständlich.« Wie ein Schmetterling flatterte der Geldschein vor meinen Augen immer aufs Neue von einer Kittelschürzentasche in die andere – und dann wieder zurück. Gern hätte ich gesagt: »Gebt ihn doch mir!«, aber irgendwie war klar, Kooperation braucht Großzügigkeit.

Auf die Dauer freilich war meine Mutter mit ihrem Leben als Gutsinspektoren-Gattin nicht ganz ausgelastet. Sie suchte eine Herausforderung und fand sie in der Mode. Sie eröffnete ein Geschäft und erwischte drei Mal die richtige Welle: Stoffe, Wolle, Trachtenmoden.

Zu den Geheimnissen ihres Erfolges gehörte die klare Vorstellung von den Erfordernissen des kleinstädtischen Wirtschaftskreislaufs. »Immer bei den Kunden kaufen.« Beim Friseur zum Beispiel kam nur Salon Meyer in Betracht, weil dessen Inhaberin bei ihr in jedem Jahr ein Dirndl erwarb oder sich anderweitig in Unkosten stürzte. Die Kritik meines Vaters »Mit der Frisur siehst du aus wie eine aufgerissene Sofakante« konterte sie kühl: »Frau Meyer hat schon wieder gefragt, wann du endlich kommst.«

Als Schüler war es mein Job, im mütterlichen Geschäft bei der Inventur zu helfen. Tagelang wurden Knöpfe gezählt und Reißverschlüsse und Nähgarnrollen. Genaue Listen geführt. Schlecht geschlafen, weil nicht sicher war, ob alles stimmt. Immer hieß es: »Der Steuerberater braucht es ganz genau.« Dann beim Steuerberater. Der zerreißt meine Listen mit dem knappen Hinweis »Wir haben zu viel Ware«.

Noch heute, Jahrzehnte später, taucht dieser Steuerberater vor meinem geistigen Auge auf, sobald darüber diskutiert wird, wie genau irgendwelche Erhebungen zu machen sind.

Wahlkampf
Kapitel 15

Als Kind lernt man das Abc und das Einmaleins und trägt dies ein Leben lang im Gepäck. Außerdem ganz viele andere Sachen aus genau dieser Zeit.

Wer weiß, vielleicht spielt sogar die Generation der Großeltern noch eine Rolle für unser heutiges Tun. Die Sonntagsbesuche bei unseren Großeltern jedenfalls sind mir unvergesslich. Sie hatten stets etwas Feierliches, es gab Suppe vor dem Braten und es wurde gebetet. »Komm, Herr Jesus, sei unser Gast und segne, was du uns bescheret hast. Amen.«

Die Mutter meines Vaters war eine fromme, fleißige Frau und – wenn es das gibt – eine

Bildungsbäuerin. Sie wollte unbedingt, dass ihre Kinder es einmal weiter bringen. Sie sollten den Blick heben, vom Tellerrand nach oben, zum Kronleuchter hin.

Natürlich gab es im Bauernhaus meiner Großeltern keinen Kronleuchter. Das war nur symbolisch gemeint. Ganz praktisch jedenfalls hatte meine Großmutter nach dem Krieg für Schinken und Speck aus der Stadt ein Klavier eingetauscht, das nun die gute Stube schmückte.

Ein älterer Herr, der als Flüchtling ins Dorf gekommen war, ist in Ostpreußen Musiklehrer gewesen; er wurde engagiert, stimmte das Klavier und erteilte den Söhnen des Hauses strengen Unterricht. Die beiden ältesten (darunter mein Vater) mussten üben, üben, üben, bis endlich die Aussichtslosigkeit des Unterfangens zweifelsfrei erwiesen war.

Alle Hoffnung ruhte nun auf dem dritten Sohn, ein Nachzügler, zehn Jahre jünger als seine Brüder. Er enttäuschte die Familie nicht und konnte schließlich zum Weihnachtsfest 1966 einen Flohwalzer zur Aufführung bringen.

Mein Vater ist also nicht Klavierspieler geworden, sondern im Hauptberuf nordhessischer Landwirt und ganz nebenbei Kommunalpolitiker. Er betrachtete seine Mitgliedschaft in der CDU als standesgemäße Selbstverständlichkeit. Von Berufs wegen CDU gewissermaßen. In einer Scheune rechts neben dem Wohnhaus befanden sich Werkstatt und Lager des örtlichen Stadtverbandes. Für mich als Kind war das ein spannender Ort. Auf einem übergroßen Plakat, das wohl vor vielen Jahren eher zufällig in einer Ecke der Scheune stehen blieb, thronte Konrad Adenauer, »Keine Experimente!«.

Aber das Leben ging weiter, damals schon. In jedem Wahlkampf gab es neue Leute und neue Slogans. Man musste sich etwas einfallen lassen. Auf einem Plakat aus den 1970er-Jahren wurde sogar eine unbekleidete Frau engagiert, die im Auftrag der CDU der SPD davonlief. Ob das dem alten Adenauer gefallen hätte, war zwar umstritten, aber eigentlich nicht wichtig.

Das Abreißen der alten Plakate mit den alten Slogans und den alten Köpfen von den alten Sperrholzplatten war ein mühsames Geschäft, meistens wurde einfach überklebt. Mit großer Selbstverständlichkeit erledigten das die Wahlkampfhelfer. Oft waren das honorige Herren aus der Stadt, die mit Pinsel und Tapetenkleister binnen weniger Stunden dem Bild der konservativen Partei eine neue Oberfläche gaben.

Weitaus schwieriger als das Kleben der Plakate war es dann, diese mit Leitern und Drahtschlingen an den Laternenpfählen im Wahlkreis zu befestigen. Der Kabelbinder war noch nicht erfunden. Um kontroversen Diskussionen mit zufälligen Passanten aus dem Weg zu gehen, die oben auf der Leiter gefährlich gewesen wären, wurde das Aufhängen der Plakate meist in die späten Abendstunden verlegt, in den Schutz der Dunkelheit. Trotzdem ging es nicht immer unfallfrei zu.

Ganz deutlich erinnere ich mich an den Bundestagswahlkampf für Franz-Josef Strauß im Jahr 1980. Dieser Mann ohne Hals aus dem bayerischen Exil, der gehörte nicht zu uns, er hatte sich diese Kanzlerkandidatur unter den Nagel gerissen. Fast widerwillig wurde sein Konterfei auf die Holzpappen geklebt.

Als Wahlkampfhilfe erhielt man ein Lexikon seiner Skandale: »Geliebt, verkannt und doch geachtet – Franz-Josef Strauß«, bestimmt 200 Seiten. Damit sollten wir argumentieren, falls wir angesprochen würden auf solche Sachen wie die »Spiegel«- oder Starfighter-Affäre. Schauerliche Lektüre, weil auch alle möglichen anderen Skandale zur Sprache kamen, die mir bis dahin völlig unbekannt waren. Dieser Mann hatte offenbar viel mehr auf dem Kerbholz als allgemein angenommen. Ein Trost war nur die Aussichtslosigkeit seines Wahlkampfes. Auch jeder andere Kandidat der Union hätte damals verloren gegen Helmut Schmidt, der in der Blüte seiner Aura stand.

Dass zur Politik auch Sportsgeist gehört, schien völlig klar. Man drückt der eigenen Partei die Daumen wie dem eigenen Fußballverein. »Wir« wollen gewinnen gegen »Die«. Dafür nimmt mancher manches auf sich. Nicht umsonst heißt es Wahlkampf.

Nach dem Wahlkampf dann – nach verlorener Schlacht womöglich – galt es, die Plakate recht bald wieder einzusammeln. Das war wichtig, um dem Wähler zu zeigen, dass eine ordentliche Partei den Kampfplatz sauber und aufgeräumt hinterlässt. So oder so.

Die Plakate selbst boten anschließend einen traurigen Anblick. Durchbohrt von Drahtresten und verziert mit Schnurrbärten und Zahnlücken, durchnässt und verzogen lagen sie im Stapel an der Scheunenwand. Ein Bild von Vergeblichkeit und Vergänglichkeit, bis zum nächsten Mal.

Inzwischen sind die Fahrgäste aus dem verspäteten Anschlusszug am Bahnhof Hannover angekommen. Die Bahnhofstreppe zu Gleis 7 wird jetzt von einer Menschengruppe gestürmt. Zehn oder zwölf Personen mögen es sein, die mit Koffern und Gepäck nach oben eilen. Eine ältere kräftige Frau mit blonden Locken, Trenchcoat und leuchtendem Lippenstift bleibt auf halber Strecke schnaufend stehen, ein junger Mann im Outdoor-Outfit schnappt ungefragt ihren Koffer, reicht ihr den Arm und führt sie hinauf. Oben angelangt macht sie Anstalten, ihr großes Portemonnaie aus der Handtasche zu holen, um sich mit einem üppigen Trinkgeld zu bedanken, aber dafür ist jetzt keine Zeit. Bitte einsteigen.

Mit 17 Minuten Verspätung verlassen wir schließlich Hannover. Kaum ist die Stadt entschwunden, ertönt eine weibliche Stimme aus dem hinteren Teil des Wagens: »Personalwechsel, Fahrkartenkontrolle.« Eine bislang unbekannte Schaffnerin, die in Hannover zugestiegen sein muss, checkt routiniert Handys und Tickets, die ihr entgegengehalten werden. Meinen zerknitterten Fahrschein prüft sie genauer, faltet ihn auseinander, streicht ihn glatt. »Soso, nach Berlin, na ja, gute Fahrt.« »Was wollen Sie denn da?«, hat sie nicht gefragt, aber es klang so.

Was soll's, den Schaffner trifft man immer nur einmal im Leben; so scheint es jedenfalls. Im Regionalverkehr vielleicht, aber im ICE habe ich noch nie jemanden vom Zugpersonal wiedererkannt. Wahrscheinlich sind die Dienstpläne der Bundesbahn so ausgefeilt, dass Anonymität stets gewahrt bleibt.

Nur manchmal kommt es zu Gesprächen über das rein Dienstliche hinaus, vor allem wenn nicht viel los ist im Zug. Einmal war ich mit einer Biografie von Kemal Atatürk unterwegs, ein dickes Buch über den türkischen Staatsgründer. Ein Schaffner sah es im Vorbeigehen, kam einige Meter zurück und beglückwünschte mich zu meiner Literaturauswahl. Ein Moment hoher Harmonie, ich glaube, am liebsten hätte er mir einen türkischen Tee spendiert, den es aber im Bordbistro nicht gibt. Anschließend scanne ich den QR-Code an der Rückseite des Vordersitzes und bewerte meine »aktuelle Reise«. Sehr freundliches Personal »trifft völlig zu«.

»Noch jemand einen Wunsch aus dem Bordbistro ...?«

Göttingen
Kapitel 16

Irgendwann nach Ostern hat unser Teenagersohn seinen Termin bei der Studienberatung. Ich weiß nicht, ob ich mich darum noch kümmern soll, als Chauffeur oder so. Seine Frage »Würdest du noch einmal Volkswirtschaft studieren?« kann ich kaum beantworten.

Tatsächlich galt zu meiner Zeit, damals in Göttingen von 1986 bis 1991, die Volkswirtschaft als der eher brotlose Zweig der Ökonomie; jedenfalls im Vergleich zu ihrer geschäftstüchtigen Schwester, der Betriebswirtschaft.

Die Vertreter der brotlosen Künste allerdings sind durchaus nicht gern bereit, kleine Brötchen zu backen. Schon gar nicht die Volkswirte, die darauf bestehen, relevante Fragen zu stellen und relevante Antworten zu liefern.

Auch mir schien, wenn es schon mit der Landwirtschaft nichts wird, Volkswirtschaft eine attraktive Alternative zu sein. Vor allem die Idee von der »Optimal-Allokation«, die immer wieder neu gefunden werden muss, fand ich faszinierend. Mag der Begriff etwas spröde klingen, so ist er doch vorzüglich geeignet, um als Schüler richtig pathetisch zu werden:

»Wenn wir es schaffen, dass sich menschliche Mühe in bestmöglicher Weise auf genau das richtet, was menschlichen Wünschen am meisten entspricht, sind wir dann nicht auf dem Weg größtmöglicher Harmonie?«

Wer wollte dazu nicht »Ja« sagen? Doch es folgen Millionen Fragen im Großen und Kleinen tagtäglich neu. Schon der Bäcker an der Ecke entscheidet morgens, mittags und abends über Brot und Brötchen, Kuchen und Keks, mit Sesam, ohne Zwiebeln. Allokation live. Was sollen wir backen? Welche Mengen, welche Sorten, welche Zeiten, welche Preise?

Die Analyse der Bedingungen, unter denen diese Entscheidungen stets und überall bestmöglich getroffen werden können, scheint mir noch immer der größten Mühe wert.

Solche Gedanken habe ich damals – als Schüler – erlebt wie eine Erleuchtung; als Gegenmodell zu den deprimierenden Szenarien vom unvermeidlichen Kampf der Klassen und Nationen um das tägliche Brot. Volkswirtschaft ist eine fröhliche Wissenschaft. Wir sind durchaus nicht zum Kampf verdammt. Keiner nimmt dem anderen die Arbeit weg. Jeder arbeitet für sich selbst, nur im Austausch mit all den anderen eben, das ist die Crux.

Gerade jetzt, da sich der ICE mit Hochgeschwindigkeit auf die ehemalige Zonengrenze zubewegt, scheint mir die Sache völlig klar zu sein. Die gesamte Ost-West-Diskussion in Deutschland würde viel weniger Frust erzeugen, wenn klar wäre, dass nicht Nachlässigkeit den Untergang

der DDR herbeigeführt hat. Nein, ökonomisches System-
versagen war die Ursache. Genau das, was die Staatspar-
tei stets prophezeite, nur eben auf der anderen, der eigenen, der östlichen Seite.

»Ihr konntet rudern wie die Verrückten in euren
Betrieben, doch das Wirtschaftsschiff der DDR
fuhr ohne Navigation, weil euer Kapitän den Kom-
pass als Teufelszeug über Bord hat werfen lassen.«

Mit diesem Argument lässt sich der Sonntagsplausch bei
den Schweriner Schwiegereltern ganz harmonisch gestal-
ten. »Nicht an der Motivation hat es gelegen, sondern an
der Allokation.«

Die Zeit der Wende erlebte ich selbst nur wenige Kilometer hinter der Grenze, in Göttingen. Als die Trabis die
Stadt eroberten, war ich studentische Hilfskraft an der
Universität, Institut für Wirtschaftspolitik. Der Ost-West-
Vergleich war unser Thema. Alle Vorlesungen, Texte und
Skripte, alle Prüfungen und Klausuren waren darauf ausgelegt. Als der gewohnte Feind dann unterging, fehlte
plötzlich etwas. Mixed Emotions. Man hatte Recht be-
halten und war dennoch über den Themenverlust nicht
ganz glücklich. Allokation in der Wissenschaft musste
nun doch wohl bedeuten, dass der Lehrstuhl sich neuen
wichtigen Problemen zuwendet, aber dies schien durchaus schwierig.

Um selbst unternehmerisch tätig zu werden und dem
Lehrstuhl ein Vorbild zu bieten, schrieb ich ein Drehbuch

für einen Werbespot, den die pharmazeutische Industrie mir aus den Händen hätte reißen sollen:

»AC/DC-Coverband, dem Sänger wird Pulmoll angeboten, er lutscht es und singt dann wie Julio Iglesias. Das Publikum tobt und bewirft ihn mit Tomaten. ›Pulmoll hilft gegen Heiserkeit – zu Risiken und Nebenwirkungen fragen Sie Ihren Arzt oder Apotheker.‹«

Der Vorschlag wurde abgelehnt. Meine Karriere in der Werbebranche, kaum begonnen, war schon wieder beendet. Glücklicherweise konnten die notwendigen Einnahmen für den studentischen Lebensunterhalt später dann als Werkstudent bei der Volkswagen AG erzielt werden. »Landwirtschaft ade, wir gehen zu VW« – das ist echte Poetik der Allokation.

Den ersten Job allerdings, bei dem nicht meine Mutter als Arbeitgeberin fungierte, fand ich als Schüler-Praktikant im Landwarenhandel, wo man Getreide, Dünger und Schweinefutter verkaufte:

»Lkw-Fahrer liefert Ware an den Landwarenhandel. Er ist empört, weil er nicht alles gleich abladen kann, sondern die Hälfte der Ware direkt zum Kunden bringen soll. Um den Fahrer zu besänftigen, gibt man ihm den Praktikanten mit, der beim Entladen helfen soll. Der Praktikant erklärt dem Fahrer dann unterwegs, wie wichtig es ist, zufriedene Kunden zu haben. Andernfalls würde auch seine

Arbeit letztlich keinen Nutzen stiften, sinnlos sein und er seinen Job verlieren. Der Fahrer ringt um Fassung, um dann, nach einer gefühlten Ewigkeit, den maximalen Fluch auszustoßen, den er sich nur denken kann: »Du, du, du ... du STUDENT.« Der Helfer fühlt sich geschmeichelt, denn eigentlich beginnt ja sein Studium erst in acht Wochen.«

Hinweis vom Zugchef: »Liebe Fahrgäste, bitte beachten Sie die Sitzplatzreservierungen. Im vorderen Zugteil sind noch genügend freie Plätze vorhanden.« Allokation unterwegs.

Controlling
Kapitel 17

Diese Diskussion heute Morgen über Controlling geht mir nicht aus dem Kopf. Was wurde erwartet? Sollte man echte Erfahrung auf den Tisch packen, um sich als Routinier zu erweisen oder ein Lehrbuch-Loblied anstimmen?

Ein Blick in die aktuellen Controlling-Berichte meines Arbeitgebers zum Beispiel zeigt eine sehr gute Berliner Performance-Kennzahl: »offene Geschäftsprozesse«; wir haben viel weniger unerledigte Arbeit in unseren Listen als die anderen Standorte. Nur der Grund hierfür ist etwas betrüblich. Die Posteingänge nämlich, die die offenen Geschäftsprozesse erst auslösen, die sind bei uns noch gar nicht gescannt. Der zuständige Kollege ist seit Wochen krank und seine Vertretung schafft nur die Hälfte.

Ist es ratsam, dies zuzugeben, wenn von oberster Stelle die gute Performance in Berlin gelobt wird? Allzu sehr zu triumphieren, könnte sich jedenfalls rächen.

Auch die Haushaltsplanung ist immer ein Controlling-Thema. Früher musste man um jede Klobürste kämpfen, heute gibt es für den Kleinkram ein Pauschalbudget, das ist sicher ein Fortschritt. Trotzdem sind auch jetzt vor allem Veränderungen erklärungsbedürftig. Wenn die Kosten stark steigen, vermutet man Unwirtschaftlichkeit für die Zukunft. Wenn die Kosten stark fallen, vermutet man

Unwirtschaftlichkeit für die Vergangenheit. Also, Controlling-Tipp von der Arbeitsebene: Kontinuität wahren.

Sollte beispielsweise jemand aus dem Kollegium zwölf Monate in Erziehungsurlaub gehen und man sich im Team entschließen, diese Zeit mit Bordmitteln zu überbrücken, dann verursacht genau dieser Versuch, Kosten zu sparen, Kostenschwankungen im Personalhaushalt, die scharfsinnige Controller aufmerksam machen können.

Der tiefere Grund jedoch, der dem Durchbruch des Controllings zum Allheilmittel entgegensteht, liegt in der Tücke des Objekts. Oder der Objekte, müsste man besser sagen, Plural. In der Tatsache nämlich, dass gleichermaßen wichtige Dinge oft unterschiedlich gut messbar sind. Nehmen wir den Fußball, der passt immer. Die Zahl der Tore, die ein Spieler schießt, ist sehr gut messbar. Genauso wichtig, aber sehr viel schlechter messbar ist die Zahl der Gegentore, die ein Spieler verhindert. Mannschaftsaufstellung nach dem Kennzahlenprinzip scheint deshalb nur bedingt empfehlenswert.

Kein Wunder also, dass man an der Börse niemals wirklich weiß, wer in Zukunft erfolgreich sein wird. Die Königin der Kennzahlen, die dies ausweist, ist noch nicht gefunden. So hat sogar die Betriebswirtschaft, die Wissenschaft von der ökonomischen Kalkulation, ihr ganz eigenes, ewiges Mirakel.

Tapetentür
Kapitel 18

Noch eine gute Stunde bis Berlin. Um auf andere Gedanken zu kommen, krame ich mein Buch raus, kann aber nicht lesen, weil die Lampe über dem Sitz nicht funktioniert. Die Birne ist Helene, offenbar. Zum Glück funktioniert das Licht am Nachbarplatz, Umzug nicht nötig.

So ein Buch ist wie eine Tapetentür, durch die man ohne großes Aufhebens aus der Gegenwart entschwinden kann. Einen Freund besuchen, in einer anderen Welt leben. Ist das Buch beendet, bleibt die Qual der Wahl, eine neue, andere Welt zu finden oder immer wieder zurückzukehren.

Nach dem Buch ist vor dem Buch. Für die Fahrt nach Köln habe ich Lektüre eingepackt, die zu Hause schon geraume Zeit unberührt im Regal lag. Ein Geschenk zum runden Geburtstag. Mit dem Titel konnte ich nichts Rechtes anfangen, nun aber wollte ich ihm – dem Buch – eine Chance geben. »Poetisches aus dem Familienalltag« heißt es, nicht sehr dick, knapp 120 Seiten, mal sehen.

Es geht gleich gut los. Ein kurzes Gedicht mit dem Titel »Probleme«.

Meine Frau ist nicht da.
Die Kinder schreien.
Im Wohnzimmer stemmen die Maurer die Wand auf.
Und ich muss dringend zum Fußball.

Schau her. Das reimt sich zwar nicht, aber die Situation kenne ich, das sagt mir etwas. Zum Thema Kinder gibt es auch folgenden Text:

Wenn du <u>deinem</u> Sohn
Von <u>deinen</u> Schwierigkeiten
Mit <u>seiner</u> Mutter erzählst,
Kannst du sicher sein, dass
Er das nicht hören will.

Tja, hm, das stimmt wohl. Vielleicht kann man sich sogar gesund dichten: *Felix Lumbago*

Zum Glück,
Der Hexenschuss ging neben den Rücken.
Nein, schon in den Rücken, aber neben diese Wirbel-
stange.
Also, die Wirbelsäule meine ich natürlich.
Neben die Wirbelsäule ging der Hexenschuss.
Ja, zum Glück.

Man fühlt sich gleich viel besser. Außerdem gibt es Küchengedichte:

Mach es wie die Eieruhr,
Zähl die heißen Stunden nur!

Auch zum Essen findet sich eine poetische Sequenz:

Kohlroulade?
Das ist schade!

Das reimt sich zwar, aber es stimmt trotzdem nicht. Rein inhaltlich. Kohlrouladen sind sehr schmackhaft, wenn man sie richtig zubereitet, so wie ich es von zu Hause kenne. Dennoch, der Text ist inspirierend. Er erinnert mich an den Lieblingswitz meiner Mutter, der zwar nicht von Kohlrouladen handelt, aber vom Rotkraut, vom Rotkraut mit Aroma:

Junges Ehepaar. Frisch verheiratet, alles wunderbar. Er ist begeistert von dem, was sie für ihn kocht, nur das Rotkraut will nicht so recht gelingen. Immer klagt er, es habe nicht das Aroma wie bei seiner Mutter. Die Gattin versucht alles, ist verzweifelt, jeden Sonntag dieses Thema. Schließlich fragt sie die Schwiegermutter. »Ach ja, ach ja, das Rotkraut, das ist mir immer angebrannt.«

So ein Witz ist ein Zeitzeuge. Wenn meine Mutter ihn erzählte, dann hatte das durchaus etwas Kämpferisches, Emanzipatorisches. Für sie war das ein politischer Witz, familienpolitisch.

Okay, mehr Poetik kann ich im Moment nicht verarbeiten. Buch wegstecken, zurücklehnen, Augen zu. Nützt nichts. Früher, als der Laptop noch ein Laufwerk hatte, also, ein CD-Laufwerk meine ich, gehörten stets Filme zu meinem Freizeitprogramm im Zug. Interessante Sachen teilweise. Ich erinnere mich an eine Filmbiografie der mexikanische Malerin Frida Kahlo, die aus der Stadtbibliothek stammte; die DVD natürlich, nicht die Malerin. Zu sehen waren unerwartet heftige Nacktszenen. Gefühlt schauten alle Nachbarn zu mir rüber, aber niemand verlangte, dass ich es ausschalte. Zufall wahrscheinlich.

Oder »Fitzcarraldo«, ein Film über einen Mann, der alles daransetzt, Enrico Caruso, den berühmtesten aller Opterntenöre, im Urwald auftreten zu lassen. Herrliche Szene mit einem Dampfschiff auf dem Amazonas, Caruso auf dem Grammophon singt gegen Trommeln aus dem Dschungel. Interkulturelle Begegnung nennt man das wohl. Ich muss mir dringend erklären lassen, wie das mit dem Streaming funktioniert, dann kann bald der Zug wieder zum Kino werden.

Musik hören könnte man. Nur welche? Fast wahllos drücke ich am Handy rum:

Musik, süß wie Marmeladenbrot:
»*Ah, ha, ha, ha, stayin' alive, stayin' alive."*

Musik, deftig hart wie eine Grillhaxe:
»*Thunder, thunder, thunder, thunder*«
Reinbeißen, Kopf schütteln

Heute ist alles nicht recht. Bei nächster Gelegenheit werde ich mir bessere Kopfhörer besorgen. Lieber aussehen wie Micky Maus als zwei Pflöcke im Ohr. Und ohne Schnüre, sowieso.

Sicherheitshinweis aus dem Lautsprecher: »Bitte achten Sie auf Ihre Gepäckstücke und Wertgegenstände.« The evil is always and everywhere.

Homeoffice
Kapitel 19

Es war ein netter Ausflug nach Köln, anstrengend, aber spannend, die Reisekosten werden erstattet, was will man mehr. Eigentlich sollte man jetzt wohl sagen, vielen Dank, das war's. Der erfolglose interne Bewerber bleibt wie ein verschmähter Liebhaber zurück; im alten Japan hätte er sich womöglich ins Schwert stürzen müssen. Der externe Bewerber kann immer sagen: »Aus den Augen, aus dem Sinn.« Allerdings ist jetzt irgendwie Neugier im Spiel. Ich möchte wissen, was in diesem Job, in diesem riesigen Laden möglich wäre.

Sehr viel war noch nicht zu erfahren über die neue Stelle. Müsste man mit Kind und Kegel nach Köln umziehen? Oder kann man per Heimarbeit und Videokonferenz auch von Berlin aus arbeiten? Also, überwiegend von Berlin aus, meine ich? Reicht es vielleicht, ein- bis zweimal pro Monat in Köln zu sein? New Work, remote. Keine Ahnung. Man sollte keine Fragen stellen, deren Antworten man nicht hören will.

Auf die Möglichkeit dosierter Heimarbeit würde ich jedenfalls ungern verzichten. Natürlich, es stimmt, die Kommunikation mit dem eigenen Team, mit den Kolleginnen und Kollegen, die ist dadurch etwas eingeschränkt. Aber – auf der anderen Seite – es finden sich ganz neue Kommunikationsebenen. Seit ich zwei Tage pro Woche zu Hause arbeite, besteht viel mehr Kontakt zu den Nachbarinnen und Nachbarn. Die eingesparte Fahrzeit ermöglicht interdisziplinäre Fach- und Sachgespräche am Gartenzaun, auf dem Bürgersteig oder im Supermarkt.

Morgens beim Bäcker zum Beispiel. Die Warteschlange dort hat das Zeug zur Informationsbörse. Erst neulich traf ich einen interessanten Mann in meinem Alter, der in der Reihe vor mir stand. Um einem Kinderwagen Platz zu machen, ging er einen Schritt zurück und trat mir auf den Fuß. So kamen wir ins Gespräch. Er sei Geologe bei einem internationalen Erdölkonzern und gerade jetzt auf dem Sprung nach Ostafrika. Lukrativ, aber riskant, Zuschlag: 80 Prozent; lieber würde er ohne Zuschlag nach Dänemark gehen, aber dort sei im Moment kein Erdöl zu entdecken. »Zwei Brötchen, bitte. Vielen Dank.«

Oder Max Reber, der wohnt schräg gegenüber, wir treffen uns öfter beim Hundespaziergang. Solange die Tiere harmonieren, können wir kommunizieren. Kürzlich sprach er von seinem neuen Chef. »Der glaubt offenbar, er müsse seine Position als Abteilungsleiter stärken, indem er unsere Position als Teamleiter schwächt. Fordert bei jeder Gelegenheit die Sachbearbeitung auf, sich mit allen Anliegen und Beschwerden direkt an ihn zu wenden. Er nennt das Transparenz, ich nenne es Intrige.« Deshalb mache er jetzt Heimarbeit. »Wie steht eure Geschäftsführung dazu?«, fragte ich. »Noch schützen sie ihn, schließlich wurde er mit großem Tamtam ausgesucht, mit Personalberatung und so. Alle internen Bewerbungen sind abgeblitzt.« »Hatten Sie sich auch beworben?« »Na ja, sicher.«

Gestern Morgen begegnete uns Max Reber wieder, mit erkennbar besserer Laune. »Unser neuer Abteilungsleiter hat einen Fehler gemacht. Er hat einer Kollegin schlüpfrige Witze erzählt, über einen Papagei im Bordell, der die Stammgäste verrät. Die Kollegin hat sich bei der Gleichstellungsbeauftragten beschwert. Haha. Der Mann ist noch in der Probezeit. Das wird spannend.« Er verabschiedet sich: »Tschüss, ich muss jetzt ins Büro.«

Heimarbeit erweitert den Horizont und verkürzt die Wege. Früher musste man seinen Schatzi bei der Arbeit anrufen, um zu sagen, dass keine Tiefkühlpizza mehr im Hause ist. Heute geht man direkt in sein Büro.

Der Engpass im Heimbüro ist Ruhe und Platz. Als wegen der Pandemie plötzlich auch der Schulunterricht online zu Hause stattfand, musste man noch enger zusammenrücken. Beim Verlassen des Schlafzimmer-Büros wurden Eltern nun zwangsläufig Zeugen neuzeitlicher Schulstundengestaltung. »Hallo, Herr Lehrer, Entschuldigung, mein Vater möchte etwas sagen.«

Trotzdem, kein Zweifel, dosierte Heimarbeit ist beruflich ein Gewinn. Sie ermöglicht eine hocheffektive Arbeitsmethode: Nachdenken beim Spaziergang. Dieses Argument wird auch die VRD in Köln überzeugen. Wenn jetzt noch Alexa die Unterlagen prüfen könnte, wäre es perfekt.

Der Schaffner kommt aus seinem Dienstabteil. »Von den Zugestiegenen die Fahrkarten, bitte.« Mich kennt er schon, ein Nicken genügt.

Goldfisch
Kapitel 20

Ich glaube an das Unglaubliche. Die haben bestimmt gemerkt, was für ein Goldfisch bei ihnen vorbeischwimmt. Sicher geht es nächste Woche weiter. Aber wie? Erneut mit einem Assessment-Programm und vorbereiteten Aufgaben oder einfach ein traditionelles Vorstellungsgespräch?

Auf jeden Fall ist das Auftreten wichtig. Nicht aufgeregt wirken. Gelassenheit ist eine Tugend, die nichts braucht als sich selbst. Andere Tugenden, wie Fleiß und Kreativität, müssen belegt werden durch Arbeit und Erfolg; gelassen sein kann man ohne all das. Einfach das Einfache tun, das kann nicht schwer sein, daran sollte es nicht scheitern.

Worüber wird man sprechen wollen nächste Woche? Im kommunalen Bereich spielt sicher Politik eine große Rolle. Schließlich beschreibt sich die VRD auf ihrer Website als öffentliche Instanz, die politische Programme Wirklichkeit werden lässt! Konkret, vor Ort. Das ist ein Anspruch.

Umweltschutz ist vermutlich das wichtigste politische Thema für die VRD, allein schon wegen der Kläranlagen und Energieversorger, für die sie zuständig ist. Falls Ökologie zur Sprache kommen sollte, könnte ich einen Erfolg vermelden und von einer Zugfenster-Beobachtung gestern Nachmittag berichten:

Im Feld, nicht weit vom Bahndamm, waren zwei Seidenreiher zu sehen, die mit würdevollen, gut geplanten Schritten langsam voranschreiten. Sie haben offenbar von Fröschen auf Mäuse umgeschult. Immer wieder jedenfalls schießt ihr Schnabel wie ein Speer nach vorn ins halbhohe Grün, um dann, manchmal, mit nach oben gerecktem Hals etwas in sich hinein rutschen zu lassen.

Die Quintessenz ist klar. »Die Störche sind zurück und haben gleich noch ihre Vettern mitgebracht, die Seidenreiher. Umweltschutz lohnt sich, man kann etwas tun. Ingenieure retten die Welt.« Hoffentlich wird solcher Optimismus nicht als Ignoranz ausgelegt.

Unter dem Dach der VRD finden sich auch Ausländerbehörden, Anbieter von Sprachkursen, internationale Schulen und Kindergärten, Organisationen der Flüchtlingshilfe und vieles mehr. Was könnte man dazu sagen im Assessment-Interview?

»Die Mischung der Menschheit«, könnte man sagen, »ist ein Megatrend.« Unumkehrbar, allein schon wegen des fortschreitenden Fortschritts der Informations- und Verkehrstechnik. Eine Beobachtung beim Münchner Oktoberfest passt womöglich. Die Kellnerinnen und Kellner dort tragen allesamt kesse bayerische Dirndln und Lederhosen, entpuppten sich aber als ganz internationales Team. Von Kroatien bis Kurdistan, kaum ein Land, das nicht vertreten ist. »Mia san mia!« Das ist eine kraftvolle Tautologie. »Doch nicht von hier«, möchte man hinzufügen.

Und überhaupt, die Münchner Bevölkerung scheint so bunt gemischt wie die Mannschaft des FC Bayern; im Idealfall spielt sie auch so gut zusammen. »Glückwunsch an die VRD, zu ihren umfangreichen Aktivitäten im Wachstumsmarkt interkulturelles Lernen«, würde ich jedenfalls sagen, falls man mich fragt. »Herzlichen Glückwunsch.«

Ein drittes Thema müsste man sich überlegen für das Assessment-Interview: Über Wettbewerb könnte man diskutieren. Oder genauer, über den fehlenden Wettbewerb, der Organisationen im öffentlich-rechtlichen Bereich oft vorgeworfen wird.

Das häufigste Argument, das von öffentlichen Anbietern zur Rechtfertigung fehlenden Wettbewerbs vorgetragen wird, besitzt eine hohe Plausibilität: »Wir machen keine Gewinne.« Bei geneigtem Publikum findet dieses Argument großen Anklang. Bei genauer Betrachtung verliert es aber viel von seinem Schwung, denn Gewinnlosigkeit allein ist keine Tugend; das haben auch schon Leute geschafft, die man dafür nicht loben möchte.

Andererseits sind nachteilige Auswirkungen des Wettbewerbs nur allzu bekannt. Zum Beispiel im Sport: Es gibt Spieler, die behaupten, sie seien im Training von den eigenen Leuten absichtlich gefoult und verletzt worden, weil sie deren Stammplatz gefährden. Oder in der Wissenschaft, ein Wettbewerb unter Universitäten und Lehrkräften. Wer vergibt die besten Noten? Auch in der Politik kann der, der sich am häufigsten zu Wort meldet, oft am meisten erreichen.

Immer belebt Wettbewerb das Niveau der Aktivität, manchmal über das Optimum hinaus zum Maximum hin. Zwei Autos zum Beispiel, die auf der Autobahn mit 120 km/h in Optimalgeschwindigkeit fahren, werden sich, wenn jemand plötzlich ein Rennen ausruft, auf Maximalgeschwindigkeit steigern, um dann vielleicht doppelt so viel Kraftstoff zu verbrauchen. Zielfoto mit Blitzlicht der Autobahnpolizei.

»Notwendig sind Rahmenbedingungen für sinnvollen Wettbewerb, zwischen Stillstand und Übertreibung.« Das könnte man im Assessment-Interview sagen. »Ein öffentlicher Anbieter muss von sich aus das optimale Aktivitätsniveau erreichen. Das ist eine Führungsaufgabe par excellence. Politische Vision wird Realität. Kompliment an die VRD.« Würde ich hinzufügen.

Falls im Assessment-Interview von der nordrhein-westfälischen Landeshauptstadt die Rede sein sollte, muss ich sehr aufpassen, nicht wieder Düsseldorf mit Rüsselsheim zu verwechseln. Düssel-Rüssel, vielleicht findet man das in Köln sogar lustig.

Machiavelli
Kapitel 21

Aus den Lautsprechern meldet sich Vanessa Trewe, seit dem Personalwechsel ist sie die Zugchefin: »Für Fragen und Wünsche stehen mein Team und ich Ihnen gerne zur Verfügung.«

Apropos Team. In der Stabsstelle in Köln sind insgesamt zwölf Personen beschäftigt. Einschließlich Chef. So viel konnte man erfahren. In Berlin bin ich in Sandwichposition Vorgesetzter von knapp fünfzig Leuten; vor Ort autark, aber der Abteilungsleitung in der Hauptverwaltung unterstellt.

Ob es für die neue Leitung der Stabsstelle in Köln einfach wird oder nicht, hängt entscheidend vom Vorgänger ab. Falls alle dem bisherigen Chef nachtrauern, dem Dr. Schubsler, dann ist jede Kleinigkeit, die jetzt anders ist, früher besser gewesen. Das nervt erheblich. Wenn sich dann noch jemand von der Stabsstelle selbst beworben hatte, womöglich von Dr. Schubsler forciert, wird es nicht einfacher.

Weil jede spontane Bemerkung eine Zufallskomponente inkludiert, kann immer leicht Streit entstehen. Vorige Woche zum Beispiel war meine Kollegin urplötzlich stinksauer auf mich. Warum? Wegen einer ganz harmlosen Frage. »Hast du Urlaubspläne?« »Wir fliegen nach Kanada, verdammt!« Angeblich hat sie mir das schon drei

Mal erzählt. Im neuen Job können solcherlei Unachtsamkeiten zum Problem werden: »Der Kerl hört einfach nicht zu.«

Im Großen und Ganzen aber werden die Berufsgruppen sicher den Erwartungen entsprechen. Wer im Orchester Cello spielt, der zertrümmert sein Instrument nicht auf der Bühne. Verwaltungsdienst bleibt Verwaltungsdienst.

Hoffentlich besteht Konsens über den Personalbestand. Wenn die erste Aufgabe der neuen Leitung gleich darin besteht, Personal abzubauen, dann sind keine Lorbeeren zu ernten. In meinem aktuellen Job werden regelmäßig Personalbemessungen durchgeführt. Deren Ergebnisse haben allerdings dazu geführt, dass nun nicht mehr die Geschäftsführung Personalbemessungen androht, sondern – im Gegenteil – der Personalrat genau diese fordert.

Pragmatiker neigen zu Provisorien. Perfektionisten haben Probleme mit den Prioritäten. Auf jeden Fall muss man mit den Leuten klarkommen, die da sind. Manche wollen nur in Ruhe ihre Arbeit erledigen, andere lieben die Herausforderung. Drei Töpfe auf dem Herd, gleichzeitig, Multitasking, kein Problem! Mancher legt all seinen Ehrgeiz darein, Unterschiede zu finden zwischen scheinbar gleichartigen Dingen. Alles muss differenziert betrachtet werden. Großmeister der Kasuistik. Wahrheitssuche mit dem Mikroskop. Andere betonen eher das Gemeinsame im scheinbar Unterschiedlichen und pochen darauf, dass letztlich alles mit allem zusammenhängt. Wenn man

Glück hat, dann stimmt die Mischung im Team, zwischen denen, die differenzieren und trennen, und denen, die helfen, die Einzelteile wieder zusammenzufügen.

Machiavelli (1469–1527), der Philosoph der Macht, empfiehlt »Divide et impera«, Teile und herrsche: Spiele deine Gegner (Mitarbeiter) gegeneinander aus, das sichert deine Herrschaft. »Feiere und herrsche« würde mir besser gefallen. Lass uns eine Begrüßungsparty schmeißen. Aber richtig ist – und das hat Machiavelli wohl gemeint – man darf sich nicht mit zu vielen Leuten gleichzeitig anlegen. Nicht am Anfang und auch sonst nicht.

Es gibt Schlüsselsätze, die auf Konfliktpotenzial hindeuten, wie die Schwalbe auf den Sommer und das Laub auf den Herbst. »Es kann nicht meine Aufgabe sein, dies und das zu tun« ist ein solcher Satz.

Wenn im Restaurant zum Beispiel für einen Tisch zwei Kellner zuständig sind und für einen anderen Tisch niemand, dann geraten die Kellner und die Gäste unweigerlich in Streit. Dieser Streit entwickelt seine eigene Psychologie, kann aber psychologisch kaum gelöst werden. Man muss den Streit vom Kopf auf die Füße stellen, organisatorische Unschärfen beheben, das ist die Chance des Neulings.

Dem Frieden im Betrieb stets förderlich ist die Wahrung der Parität. Nicht nur in Sachen Gleichstellung zwischen den Geschlechtern, sondern in vielerlei Hinsicht. Auch zwischen den verschiedenen Werken und Standorten zum Beispiel. Man drückt den Kollegen vom anderen Standort nicht unbedingt die Daumen, wenn die jetzt nebenbei das herstellen wollen, was wir früher hauptsächlich gemacht haben.

Aber neue Konflikte schaffen auch neue Koalitionen. Wenn die Werke miteinander in Verteilungskämpfe geraten, dann sitzt der örtliche Betriebsrat mit der örtlichen Werksleitung urplötzlich im selben Boot. Möge das Tischtuch nicht zerschnitten sein.

Als Werkstudent in der Getränkeindustrie durfte ich das erleben; damals gab es im Betrieb kaum ein anderes Thema als den Karottensaft mit Zitronengeschmack:

»Der neue Chef aus dem Werk Neustadt, der hat eine große Klappe, der will Karriere machen. ›Karottensaft mit Zitronengeschmack, das wird der Renner‹, hat er behauptet. 100 Einheiten wollte er verkaufen, pro Monat, so hat er den Preis kalkuliert, mit satten Deckungsbeiträgen. Die Konzernleitung glaubt ihm das und der örtliche Betriebsrat genehmigt Nachtschichten. Jetzt sind kaum 80 Einheiten verkauft und sie können nicht einmal 60 Einheiten produzieren. Haha. Absatz- und Lieferprobleme gleichzeitig. Weil sie einfach keine Ahnung haben von Karotten. Aber uns fragt ja keiner.« »Nee, schon lange nicht mehr.«

Ob die Stabsstelle der VRD mit solchen Problemen befasst ist? Mit Karottensaft eher nicht, mit der Parität der Standorte ganz sicher.

Wichtig ist auf jeden Fall die Sekretärin, die muss man auf seiner Seite haben. Vielleicht sollte man vorab einen Undercover-Testanruf im Sekretariat der Stabsstelle durchführen, um herauszubekommen, welcher Ton dort angeschlagen wird.

Rolex
Kapitel 22

Aktive Gremienarbeit gehört bei dem Job in Köln offenbar dazu. Schließlich war der Dr. Schubsler bei dieser Sitzung im Loreley-Saal heute Morgen dabei. Das wäre schon reizvoll, in der Außenpolitik des Unternehmens ein bisschen mitmischen zu können. Freilich, es gibt solche und solche Termine, nicht immer kann man sich einbringen, manchmal ist man froh und zufrieden, die richtige Unterlage gefunden zu haben und diese dann mit wissendem Gesicht anzuschauen.

Numerik ist wichtig in den Gremien. Nicht erst bei der Abstimmung, sondern auch in der Diskussion davor. Ein Argument, das zwei Personen jeweils einmal vortragen, besitzt mehr Überzeugungskraft als ein Argument, das eine Person zweimal vorträgt. »Ja, das sagten Sie bereits.« Man muss teilnehmen, notfalls als Mehrheitsbeschaffer.

Gremiensitzungen wollen auch organisiert sein. Schon die Terminfindung ist oft schwierig. Mancher Teilnehmer blüht unter Tagesordnungspunkt »Verschiedenes – Ort und Zeit der nächsten Sitzung« erst so richtig auf und erstattet detaillierten Bericht über seine Urlaubsplanung.

Der wichtigste Akteur bei der Organisation einer Sitzung ist der Vorsitzende (m/w/d). Mitunter ergeben sich genau daraus überraschende Probleme; zum Beispiel, wenn eine Vorliebe für teure Uhren besteht:

Der Vorsitzende des Arbeitsausschusses legt während der Sitzung seine Rolex ab und platziert sie gut sichtbar auf dem Tisch. Kurz vor der Mittagspause wird er zum Telefon gerufen. Als er wiederkommt, ist der Saal leer, die Teilnehmer sind in der Kantine und die Uhr liegt an ihrem Platz. Er tobt, weil die Uhr hätte gestohlen werden können. Die Teilnehmer beteuern ihre Unschuld, sie hatten keinen Schlüssel für den Saal und niemand hat sich getraut, die Uhr einzustecken. Womöglich wäre er dann mit der Polizei in der Kantine erschienen.

Andere Vorsitzende sind weniger besorgt um die eigene Uhr und legen stattdessen Wert auf Erfordernisse der modernen Zeit. Vor allem in politisch ambitionierten Gremien ist eine politisch korrekte Sprache heute viel wichtiger, als es früher vielleicht der Fall war.

Im Arbeitskreis Integration und Teilhabe ist ein Vertreter der Betroffenen eingeladen. Ein freundlicher Mann, Mitte fünfzig, Rollstuhlfahrer. Er erklärt dem Gremium, dass man die Perspektive anderer Lebenssituationen kaum einnehmen kann. »Ich zum Beispiel glaube auch sehr gut zu wissen, was junge Frauen so brauchen ...« »Halt, halt, halt«, die Vorsitzende unterbricht ihn energisch. »Genderverstöße werden hier nicht geduldet, bitte wählen Sie ein anderes Beispiel!«

Neben der korrekten Sprache muss die Gremienleitung auch auf die ausgewogene thematische Gestaltung der

Sitzung achten. Alle sollen sich einbringen können, aber niemand darf durch rhetorische Endlosschleifen den Zeitrahmen sprengen.

Zu Tagesordnungspunkt 7 erteilt der Vorsitzende dem Experten, der als Gast geladen ist, erneut das Wort; ermahnt ihn aber, er solle nicht schon wieder dasselbe sagen. Der Experte versichert pflichtschuldig: »Nein, nein, er werde etwas ganz anderes sagen. Das Gegenteil praktisch.«

Der Alptraum jeder Sitzungsleitung sind großkopferte Teilnehmer, die zu spät kommen und bei vorherigen Sitzungen vielleicht ganz gefehlt haben. Mit aller Selbstverständlichkeit dieser Welt fühlt sich der hochrangige Nachzügler berufen, sämtliche Grundsatzfragen, die längst behandelt wurden, noch einmal fundamental neu zu stellen. »Zum nächsten Termin übrigens bin ich leider wieder verhindert.«

Krisen können urplötzlich entstehen. Krisensitzungen werden dann oft sehr kurzfristig anberaumt. Ich erinnere mich an eine solche Sitzung, die wegen akuter Liquiditätsprobleme einberufen werden musste. Die Finanzlage war so angespannt, dass man Hemmungen hatte, etwas von den angebotenen Schnittchen zu essen. Gravierende Vertragsänderungen wurden als notwendig erachtet, ein bekannter Berliner Notar sollte sie der Mitgliederversammlung präsentieren:

Jovialer Notar. Weltmännisch fast. Souveräne Eröffnung und Begrüßung der großen Gesellschaft.

Wenn er den neuen Vertrag präsentiert, wird es keine Schwierigkeiten geben. Doch einige komplizierte Kleinigkeiten mussten im Text noch rasch geändert werden. Die genauen Namen der beteiligten Gesellschaften vor allem. Er liest feierlich und verhaspelt sich, wird aus dem Publikum korrigiert, mehrfach. Sein Ärger wächst, die Aura verfliegt, er verliert den Faden. Plötzlich ganz klein. Das ist es wohl, was Franz Kafka gemeint hat mit der Verwandlung in einen Käfer.

Der Sitzungsleiter rettet die Situation. »Wenn Sie für den Antrag stimmen wollen, heben Sie bitte die rote Karte.« – Er hebt die grüne. Allen Protesten gibt er lachend Recht. Dem Vorschlag wurde entsprechend entsprochen.

Erfahrung hilft sehr bei der Vorbereitung solcher Sitzungen. Denn nicht immer ist es erforderlich, alle nur erdenklichen Bedenken zu Protokoll zu geben. Wer aus Pflichtgefühl wahnsinnig viele Fragen herausarbeitet, die dann klärungsbedürftig im Raum stehen, aber niemanden wirklich interessieren, der ist fleißig wie ein Biber, dessen Staudämme keiner haben will.

Sitzungsprotokolle hingegen haben etwas Beruhigendes, wenn die Probleme von gestern, die dort beschrieben werden, heute gelöst sind. Dann kann es sogar Spaß machen, Protokolle zu lesen. Der Protokollführer in der Sitzung ist eine Art Schiedsrichter, mit dem Vorteil allerdings, dass er im Nachhinein entscheiden kann. »Was haben wir denn nun eigentlich beschlossen?« Wie bei den Schiedsrichtern gibt es auch bei den Protokollanten Leute, die sehr stark in den Vordergrund rücken; zu jedem Punkt der Tagesordnung die Frage: »Was darf ich denn nun protokollieren, bitte schön?« Andere halten sich völlig im Hintergrund, wie ein Schiedsrichter, dessen Anwesenheit man kaum bemerkt.

Schwierig wird es immer, wenn große Gremien versuchen, große Texte zu erstellen. Eine gemeinsame Resolution zum Beispiel oder ein Positionspapier. Alle sollen beteiligt sein, alle sollen es mittragen. Schon der Duktus, der Tonfall des Textes muss vereinbart werden; aus

Bunt sind schon die Wälder,
Gelb die Stoppelfelder.

wird nach Überarbeitung durch den Redaktionsausschuss:

Die Wälder sind schon bunt!
Die Stoppelfelder gelb!

Was soll's? Interessanter noch als die Sitzungen selbst sind oft die Abendveranstaltungen. Schon in meinem ersten Job als Assistent durfte ich öfter mitwirken:

Abendveranstaltung nach der Sitzung, auf dem Weg zum Restaurant. Warten am U-Bahn-Steig. Der Vorsitzende und die hohen Herren kommen direkt von der Hotelbar und sind schon fröhlich-ausgelassen. Der Assistent soll schnell am Automaten die Tickets besorgen. »Eulenburg, machen Sie mal.« Aber der Automat spinnt, er funktioniert nicht. Die Bahn kommt, die Herren sind schnell drin. Piep, piep, piep – »Bitte einsteigen, die Türen schließen.« Der Assistent springt hinterher, ohne Tickets. Wenn wir jetzt kontrolliert werden, gibt es ein großes Hallo.

Später im Lokal. Alle haben bestellt. Begieriges Warten. Auch der Vorsitzende ist sehr hungrig. Endlich erscheinen der Oberkellner und sein Kollege. »Wer bekommt die Grillplatte de luxe?« »Ich, ich!«, fast wie ein Schuljunge meldet sich der Vorsitzende. Der Oberkellner schaut zum Kellner, zeigt auf den Vorsitzenden: »Kein Salat.« Alle anderen bekommen Salat als Vorspeise serviert; der Vorsitzende muss warten, niemand darf lachen.

Der Mangel an Abendveranstaltungen ist vielleicht der größte Nachteil der vielen Online-Konferenzen heutzutage. Das gemeinsame Abenteuer fehlt.

Der Brief
Kapitel 23

Wieder klingelt das Handy, diesmal bleibe ich am Platz, es ist jetzt egal, was die Sitznachbarn im Zug hören oder denken.

Am Apparat ist Robert Fredermann, unser Nachbar und Gartenexperte. Er fragt, ob wir uns morgen Abend mal treffen könnten. »Gern, um was geht es denn?« Ja, ich hätte ihm doch erzählt, dass ich geschieden sei und er habe jetzt Post bekommen von der Rechtsanwältin seiner Frau. Er solle seine Vermögensverhältnisse offenlegen. Er kann das nicht glauben. Scheidung? Wenn überhaupt, dann laufe doch das Trennungsjahr, schließlich sei Uta, seine Frau, erst vor drei Monaten ausgezogen.

»Seit wann seid ihr denn verheiratet?«, frage ich. »Wir sind seit zwölf Jahren zusammen – oder waren es jedenfalls – und seit neun Jahren verheiratet.« Ich will ihn aufmuntern: »Na ja, dann warte doch mal, so schnell bricht man die Brücken nicht ab.« Meine Ermunterung klingt wohl nicht sehr überzeugend. »Wir hatten als Mischehe von Beginn an unsere Schwierigkeiten.« »Mischehe«, frage ich, »Mann und Frau meinst du?« »Nein.« Robert klingt unwirsch. »Evangelisch und katholisch natürlich.« »Ach so. Entschuldigung.« Die Sitznachbarn im Zug werden jetzt aufmerksam, jemand deutet auf ein Symbol an der Zugscheibe: »Ruhebereich«.

Also aufstehen, im Flur zwischen den Wagen, vor den Toiletten, ist niemand, wir können sprechen. »Hallo Robert, sorry, ich bin jetzt wieder da.« »Ah, okay, wo warst du denn?« »Ich bin im Zug unterwegs, eben war gerade schlecht, jemand hatte sich beschwert, aber jetzt kann ich sprechen.« »Muss ja auch nicht jeder alles mitkriegen«, knurrt er. »Genau, genau, aber jetzt geht es.« »Ich wollte eigentlich nur wissen, ob du dich mit Unterhaltszahlungen auskennst.« Er hat offenbar den Brief in der Hand, man hört das Knittern des Papiers. »Die Anwältin schreibt hier, sie mache ›vorsorglich‹ einen Anspruch ihrer Mandantin auf Unterhaltszahlungen geltend. ›Vorsorglich‹ – was soll der Scheiß?«

»Ja, meine Scheidung ist zwar schon zwanzig Jahre her, aber am Anfang ging es auch um Unterhalt, ich erinnere mich, ›Trennungsunterhalt‹ nannte sich das damals.« »Und, was war dann damit?« Robert ist richtig aufgebracht. »Das hatte sich schnell erledigt, weil meine Frau mehr verdiente als ich.« Robert schweigt, aber man hört seinen Atem. »Weißt du, ich glaube, das Thema Unterhalt ist bei den Anwälten in den Standardschreiben immer drin, darüber brauchst du dir keine Gedanken zu machen.«

Die Tür der Zugtoilette geht auf, das Schloss knackt vernehmlich. Eine ältere Frau taucht auf und schaut sich misstrauisch um, als befürchte sie, jemand habe an der Tür gelauscht.

»Hallo Armin?« »Ja, ich bin hier.« »Hör dir das an, dieses Juristendeutsch: ›Ein notarieller Ehe-/Scheidungsfolgenvertrag liegt nach Angaben meiner Mandantin nicht vor‹, schreibt die Anwältin. Ja, warum denn nicht? Weil Uta es nicht wollte!«

»Geheiratet haben wir eigentlich nur für das Finanzamt. Meine Wohnung in Kiel hätte ich ohne Trauschein nicht von der Steuer absetzen können.« »Kosten doppelter Haushaltsführung«, werfe ich ein. »Ja, das fällt mir jetzt auf die Füße.«

»Als Uta sich vor ein paar Monaten die Wohnung in Hannover genommen hat, war das erstmal rein beruflich, aber als sie dann immer häufiger an den Wochenenden nicht nach Hause kam, hatte ich schon ein ungutes Gefühl. Und jetzt dieser Brief von der Kanzlei Zorn, gezeichnet Tanja Mittelstädt, Rechtsanwältin.«

»Das Problem ist«, fährt Robert fort, »ich weiß nicht, wie viel Uta in ihrem neuen Job verdient.« »Neuer Job?« »Ja, sie arbeitet doch in Hannover. Oder in der Nähe jedenfalls. Marketing bei einer Drogeriekette, Rossmann, riesengroß, das reinste Imperium. Hoffentlich ist das kein unbezahltes Praktikum.« »Du meinst wegen dem Unterhalt?« »Ja, wegen des Unterhalts, natürlich!«

Wir verabreden uns in einer Kneipe, die ich nicht kenne, auf ein Bier morgen Abend. Allerlei Scheidungsgeschichten fallen mir ein. Von meinem alten Chef zum Beispiel. Der hat sich zwar scheiden lassen und neu geheiratet, aber sonst sein Leben unverändert weitergeführt. Er geht mit der neuen Frau zum selben Italiener essen, fährt im

Urlaub in dasselbe Hotel am Gardasee, besucht regelmäßig die Oper, Richard Wagner, alles wie gehabt. Ob Robert das aufmuntert? »Das Leben geht weiter.«

Erst kürzlich hat sich auch eine Kollegin aus Berlin von ihrem Partner getrennt, nach Jahrzehnten des Zusammenlebens. Die brauchten keinen Anwalt, kein Gericht, kein gar nichts. Die waren nämlich nicht verheiratet. Fast könnte man neidisch werden.

Lieblingskind
Kapitel 24

Vor der Abfahrt nach Köln war ich glücklich, noch ein größeres To-do erledigen zu können. Stellungnahme aus Sicht des Fachbereichs zum Projekt »PoPo«, Post-Portal; alle Lokationen sind gefragt, also auch Berlin. Die Stellungnahme zum Projektstatus geht direkt an unsere Datenschutzbeauftragte, Sigrid Kuntermann, die alle nur »Secret Sigrid« nennen.

Heute Vormittag in der Bewerberrunde hätte ich gern etwas über Projektarbeit vortragen, aber das Thema war schon weg, ich war zu langsam. Vielleicht gut so, wer weiß, ob man dort auch nur die kleinste Skepsis hätten vernehmen wollen.

Warum Skepsis? Weil die Transparenz, die Projektarbeit nach oben und nach außen schafft, nach innen allzu oft Doppelzuständigkeiten und Überschneidungen verursacht. Zweifellos hat es Vorteile, wenn man sagen kann: »Für dieses Thema ist Herr X zuständig. Er hat den Hut auf.« Aber wenn der Hut nicht passt, wenn er zu groß ist, fehlt der Überblick und es sieht albern aus.

Als Führungsmensch der Fachabteilung bin ich immer der Meinung, auch für die dynamischen Verbesserungen in meinem Bereich zuständig zu sein. Wenn nun zu einem dynamischen Thema ein Projekt ausgerufen wird, entsteht die Frage, ob ich mich überhaupt noch selbst darum kümmern darf.

Das Problem ist die Inflation. Wenn aus Routinesachen Projektaufträge gemacht werden, sorgt schon die enorme Projektbürokratie für Ineffizienz. Einen Lenkungsausschuss, einen Projektleiter, Kernteams, Arbeitsgruppen, Statusberichte und Meilensteine braucht man nicht für jede Aufgabe. Auch keine agilen Sprints. Es ist Quatsch, einen Schuhkarton mit dem Lkw ausliefern zu wollen, wenn sich für den Lkw dann kein Parkplatz findet.

Mein Resümee für heute Morgen hatte ich schon zurechtgelegt: »Mit der Projektarbeit ist es wie mit allen Dingen im Leben – man darf es nicht übertreiben.«

Falls nächste Woche der Termin mit der Geschäftsführung in Köln zustande kommt, ist bei diesem Thema allerdings Vorsicht geboten, denn Projekte sind oft die Lieblingskinder der obersten Chefetage. Das weiß ich aus Erfahrung.

Kann sein, die Geschäftsführung verteidigt ihre Projekte gegen die bockbeinigen Fachabteilungen wie eine wütende Bärin ihre Jungtiere gegen ein Rudel knurrender Wölfe. Wenn dann ein fröhlicher Philosoph daherkommt und sagt:

»Ach, wissen Sie, nach meiner Erfahrung sind viele Projekte überflüssig und manchmal sogar schädlich, weil sie, wenn sie nicht vorankommen, das ganze Thema blockieren.«

Dann könnte es genau dieser Satz sein, der die ganze Mühe der Bewerbung zunichtemacht.

Das wäre schade, denn Mühe macht so eine Bewerbung durchaus. Allein schon die Vorbereitung: Das Anschreiben braucht Recherche. Das Leben in Tabellenform will formuliert und formatiert sein. Unterlagen zusammensuchen. Dann gestern die Anfahrt, heute ein Tag Urlaub, das muss man sich überlegen.

Ehrenhaft scheitern wäre okay, aber aus Dummheit die Chance verstolpern, das ist ärgerlich. Im fremden Terrain allerdings ist auch die Dummheit relativ, man weiß nie, wo die Fettnäpfchen stehen, und muss doch mutig voranschreiten.

Angenehm ist diese selbstverständliche Interdisziplinarität, mit der inzwischen gearbeitet wird. Heute im Assessment waren Juristen, Verwaltungs- und Wirtschaftsleute bunt gemischt, auch eine Politologin war dabei. Früher gab es mitunter peinliche Situationen, wenn in der Verwaltung über irgendwelche Rechtsfragen diskutiert wurde und dann jemand feststellt: »Ach, Sie sind ja gar kein Jurist.« Heute kann man sagen: »Aber Sie doch auch nicht.«

Für einen Verwaltungsmitarbeiter mit klassischer Sozialisation war es früher schwierig, einen Vorgesetzten im höheren Dienst zu akzeptieren, der kein Jurist war. Fast wie ein Soldat, der gezwungen ist, Befehle von einem Zivilisten entgegenzunehmen.

Wolfsburg
Kapitel 25

Ankunft in Wolfsburg um 19:20 Uhr. Immer noch 17 Minuten Verspätung. Durchsage im Lautsprecher: »Der Regionalexpress nach Braunschweig konnte leider nicht auf uns warten, aber der ICE nach Interlaken wird noch erreicht.« Schwacher Trost.

Zwei junge Männer in dunklen Anzügen warten ungeduldig an der Zugtür. Bestimmt zehn Mal drücken Sie auf den blinkenden Button, bis sich schließlich mit lautem Zischen die Tür nach vorn und zur Seite schiebt, um den Weg auf den Bahnsteig endlich freizumachen. Die Laptoptaschen auf die Koffer geschnallt rollen beide davon. Wahrscheinlich haben sie einen wichtigen Termin morgen beim Autogiganten.

Weiter geht's. Ein Blick aus dem Zugfenster hinter Wolfsburg wirft immer die Frage auf, wo genau hier die Grenze gewesen sein mag zwischen Ost und West. Es spielt keine Rolle mehr, sie ist unsichtbar geworden, jedenfalls vom Zug aus, nachts sowieso. Rubikon inkognito.

Endlich Gelegenheit, die notwendigen Dinge zu tun. Unterwegs zur Toilette der zweite Kontakt. Blauer Anzug, Ringelsocken, kein Zweifel, Axel Seidensticker, der Assessment-Kollege, ist noch Passagier in diesem Zug. Laptop aufgeklappt, links und rechts ein Handy, sitzt er allein in einer dieser Nischen, die vier Personen Platz bietet. Versonnen schaut er aus dem Fenster, das bei Dunkelheit ein Spiegel ist. Auf dem Rückweg laufe ich ihm direkt in die Arme. Er grüßt mit einer einladenden Handbewegung und weist auf einen freien Platz am anderen Ende seines Tisches.

»Setzen Sie sich doch, vielleicht treffen wir uns nächste Woche.« »Ja, danke, wie kommen Sie darauf?« »Es ist eine Mail gekommen von Firma Knieraum. Absender: Pia Schrader, Assistenz.« »Na, dann herzlichen Glückwunsch!« Ich will wieder aufstehen und weitergehen. »Nein, nein, warten Sie doch, Sie müssten die Mail auch bekommen haben.« »Glaube ich nicht.« »Doch, man sieht es im Verteiler, ›Armin Eulenburg‹, das sind Sie doch, oder?« »Ja, schon, aber ... gut, ich schaue nach.«

Die Mail der Frau Schrader findet sich tatsächlich im Spam-Ordner, 18:12 Uhr, vertraulich:

> »Sehr geehrte Damen und Herren,
> vielen Dank für Ihre Beteiligung heute am Knieraum-Special-Assessment. Im Auftrag von Frau Holzmüller möchte ich Sie informieren, dass eine Entscheidung über den weiteren Fortgang des Verfahrens übermorgen (Donnerstag) getroffen wird. Wir werden Sie zeitnah informieren und müssen insoweit noch um etwas Geduld bitten.«

»Okay, eine Nachricht ist gekommen, aber viel schlauer sind wir jetzt auch nicht«, sage ich zu Axel Seidensticker. Er grinst ein wenig. »Immerhin ist klar, dass wir in der engeren Wahl sind.« »Woher wissen Sie das? Ich kann hier nicht sehen, wer diese Mail noch bekommen hat.« Zum Beweis halte ich ihm mein Handy entgegen. »Doch, doch, Sie müssen in den Druckmodus gehen, dann sieht man alle Empfänger, auch die Blindkopien. Das sind nur wir beide.« Er dreht seinen Laptop ein wenig in meine Richtung. »Ehrlich? Aha!«

»Die wollen am Donnerstag sicher noch den Termin der internen Bewerber abwarten«, meint Axel Seidensticker. »Eigentlich ein Wunder, dass die zwei männliche externe Bewerber einladen wollen.« »Wunder sind unerklärliche Dinge, an die man sich noch nicht gewöhnt hat. Das kommt vor.«

Wie ich überhaupt auf die Stelle aufmerksam geworden sei, will er wissen. »Nun, mit der Wochenendausgabe der Zeitung kann man sein ganzes Leben umkrempeln; neues Auto, neue Wohnung, neuer Job, neue Frau.« »Ja, aber jede Woche schafft man das nicht, haha.« Er habe den Hinweis auf die Ausschreibung zuerst in seinem sozialen Netzwerk gesehen. Ring, sehr zu empfehlen. Dann wurde er auch noch über einen Headhunter kontaktiert. »Kann man sich bei einem Headhunter auch freiwillig melden?« »Ja, wenn man sich für einen guten Fang hält, bestimmt.«

Komische Situation. Gemeinsames Erfolgserlebnis unter Konkurrenten. Irgendwie sitzen wir jetzt in einem Boot. Unterhaltung in bester Laune. Vielleicht weiß er etwas, das mir hilft. Wer das Fell des Bären verteilen will, bevor er erlegt ist, der sollte nicht knauserig sein.

Er sei ein Kölsche Jung und suche jetzt einen passenden Job, damit er seine Lebenspartnerin überreden könne, nach Köln zu ziehen. Seine Anwaltskanzlei habe einen guten Namen, aber er arbeite dort nur als freier Mitarbeiter, das sei ihr zu unsicher. Der Sohn seiner Lebenspartnerin komme nächstes Jahr in die Schule. Danach könne er sie wohl nicht mehr zum Umzug überreden.

Im Sinne einer folgerichtigen Lebensplanung ist seine Bewerbung absolut notwendig, so viel wird klar. Er schaut auf die Uhr. 45 Minuten bis Spandau, dort steige er aus. Der Schaffner schlendert durch den Gang »Darf's noch etwas aus dem Bordbistro sein?« »Wir möchten zwei Pils.« »Mit Alkohol?« »Ja, mit Alkohol! Bitte.« Aufmunternd nickt Axel Seidensticker in meine Richtung.

Im Moment führe er eine Wochenendbeziehung zwischen Berlin und Köln, oder, um genau zu sein, zwischen Spandau und Deutz. Weil er einen großen Mandanten in der Nähe von Magdeburg betreue, sei er meist mit dem Auto unterwegs, anders komme er dort kaum hin. »Wer sich über die Bundesbahn beschwert, der kann auf der Autobahn Demut lernen«, das müsse er leider sagen. Der Schaffner bringt zwei Flaschen Bier und zwei Gläser. »Acht Euro ... Danke, stimmt so.«

Shakespeare
Kapitel 26

»In Köln ist die VRD ziemlich bekannt, ein großer Player; wenn man recherchiert, findet man einiges, hier, schauen Sie.« Wieder dreht Axel Seidensticker seinen Laptop in meine Richtung: »Die Geschäftsführung ist interdisziplinär besetzt. Eine Ingenieurin und ein Jurist. Frau Dr. Dipl.-Ing. Sabine Stubbemann und Assessor Klaus Breitenbach.« »Ah, ja, die sind offenbar beide noch recht jung«, antworte ich mit Blick auf die Fotos, die auf seinem Bildschirm zu sehen sind.

Er fragt mehr sich selbst als mich: »Hat es etwas zu bedeuten, dass der Stelleninhaber, dieser Dr. Schubsler, beim Assessment heute nicht dabei war? Wollte man ihn nicht dabeihaben? Wurde er vielleicht weggelobt, zur Tochtergesellschaft? Oder hatte er keine Zeit oder kein Interesse? Möchte er eine interne Nachfolge durchsetzen und boykottiert die externe?«

»Dr. Schubsler war heute verhindert, Sondersitzung der Insonia Kliniken GmbH. Am Buffet hat die Kollegin zu ihm rübergewinkt«, sage ich. »Woher wollen Sie wissen, wem das Winken galt?« »Es war ein Mann in grün kariertem Sakko, das ist das Markenzeichen von Dr. Schubsler.« »Und woher wissen Sie das nun schon wieder?« »Small Talk in der Kaffeepause.« »Ah.«

»Es ist ja immer die Frage, welchen Einfluss der Amtsinhaber auf die Auswahl seines Nachfolgers noch hat oder haben möchte«, sage ich. »Oder der Nachfolgerin. So viel Zeit muss sein.« »Oh, ja, ja, natürlich ... Als ich damals nach Berlin kam, betrug die Amtszeit meines Vorgängers noch knapp vier Wochen. Aber er tat so, als sei das eine Ewigkeit und ich ein lästiger Praktikant.« »Der hatte Sie sicher nicht ausgesucht, oder?« »Nein, gewiss nicht. Fast wären wir in Streit geraten. Jedes Wort über Herausforderungen der Zukunft war für ihn eine Kritik an seiner Amtsführung in der Vergangenheit. Davon wollte er nichts hören. Am liebsten hätte er an seinem letzten Tag beim Pförtner einen Zettel abgegeben, auf dem der neue Name draufsteht.« »Wie bei einem Testament, meinen Sie?« »Ja, wie bei einem Testament.«

»Hm. Die Frau Dr. Stubbemann jedenfalls ist auch erst seit letztem Sommer Geschäftsführerin bei der VRD, die kommt aus der Immobilienbranche.« Wieder schaut er versonnen in die dunkle Zugscheibe.

Es entsteht eine Pause. Ich habe das Gefühl, etwas sagen zu müssen. »Der Chefposten als Neuling und Quereinsteiger kann recht schwierig sein. Wie ein Eroberer, der in unbekanntem Gebiet zunächst nur den Boden beherrscht, auf dem er im Augenblick selbst steht; alles andere ist Charlys Land.«

Überaus unbedeutend findet Axel Seidensticker dieses Argument. »Vor einer neuen Chefin gehen doch erstmal alle in Deckung.« Er klappt den Deckel seines Laptops zu und trinkt einen Schluck Bier. »Aber vielleicht baut sie für ihren unmittelbaren Arbeitsbereich eine neue Mannschaft auf, mit Leuten ihrer Wahl. Das wäre interessant, weil man dann sicher eng eingebunden ist.«

»Ich habe schon Chefs erlebt, die ihre neue Dienststelle nur durch die Hintertür betreten, damit sie nicht beim Pförtner vorbeimüssen. So jemand kann kaum eine neue Mannschaft aufbauen.« Mein Gegenüber schweigt. »Aber eng eingebunden zu sein, wäre gut. Im Idealfall stelle ich mir eine Führungscrew wie eine Theatergruppe vor.« Er schaut verdutzt. »Was meinen Sie?« »Stellen Sie sich vor, es soll ein Stück aufgeführt werden, sagen wir von Shakespeare ›König Lear‹; dann kann natürlich nur einer die Rolle des Königs bekommen, aber alle anderen sind auch gute Schauspieler und respektieren sich als solche.« »Tja, sollte man meinen«, erwiderte er, »aber ich würde die Hierarchie in der Theaterwelt nicht unterschätzen. Meine Schwester hat einen Job an der Oper, die kann ein Lied davon singen.«

»Apropos Shakespeare«, fährt er fort, »vor einiger Zeit gab es wohl ziemlich Ärger bei der VRD, weil sie im Rahmen ihrer Digitalisierungsstrategie sämtliche Tochterunternehmen, bei denen sie Mehrheitsgesellschafterin ist, in eine einheitliche IT-Struktur bringen wollte; über zwanzig Unternehmen sollten unter ein Dach. Das gab einen richtigen Aufstand.«

»Aufstand gegen die Einheitlichkeit oder gegen die neue IT?«, frage ich zurück. »Ja, gegen beides natürlich! Eine gemeinsame IT ist an sich schon ein starkes Kontrollinstrument und dann auch noch eine Software, die deine Arbeitsabläufe genau festlegt, deine Geschäftsprozesse fixiert, da verlierst du jede Eigenständigkeit.« Er schweigt einen Moment. »Bei meinem Mandanten in Magdeburg ist genau das passiert. Man hat ihm die Konzern-Software aufs Auge gedrückt und genau deshalb verliere ich jetzt meinen wichtigsten Auftrag.« Zerknirscht schaut er in meine Richtung »Wollen wir uns duzen? Ich bin der Axel – prost.« Er hält sein halbvolles Bierglas in meine Richtung, ich tippe meins dagegen.

Dann erzählt er von seiner Arbeit. Vorige Woche sei er bei einer außerordentlichen Betriebsversammlung seines Mandanten in Magdeburg gewesen. Zulieferindustrie, die haben Probleme, werden wahrscheinlich bald übernommen. »Schlechtes Zeichen, wenn der Gewerkschaftsfunktionär eine bessere Rede hält als der Geschäftsführer. Für unsere Selbständigkeit sehe ich schwarz«, murmelt Axel. Ich will ihn aufmuntern. »Schwarz sehen muss man nur, wenn man den Kopf in den Sand steckt.«

Gewissensnöte
Kapitel 27

Axel Seidensticker möchte nicht bemitleidet werden und wechselt das Thema. »Was hast du da gemacht?« Er deutet auf das Pflaster an meinem rechten Zeigefinger. »Ich bin Heimwerker, da passiert immer mal was«, gebe ich zur Antwort. Das ist die Wahrheit und eine Lüge zugleich. Denn ich bin tatsächlich Heimwerker und die Verletzung sieht aus, als sei sie bei ehrlicher, harter Arbeit entstanden, vielleicht beim Teppichschneiden oder so. In Wirklichkeit aber stammt sie von dem Versuch, eine Bierflasche mit dem Haustürschlüssel zu öffnen. Doch das ist zu peinlich, das möchte ich nicht vertiefen.

»Vielleicht suchen die bei der VRD nun jemanden, der die widerborstigen Töchter mit Konzern-Controlling zur Räson bringt«, werfe ich ein. »Ja, kann sein, dann bekommst du es gleich mit deinem Vorgänger zu tun, dem Dr. Schubsler.« »Wieso ich, ich glaube, du willst die Stelle viel mehr.«

»Na ja.« Er kokettiert ein wenig mit seiner Nachdenklichkeit. »Die Ausschreibung ist interdisziplinär, sie suchen einen Juristen oder einen Wirtschaftsmenschen oder etwas Vergleichbares. Eigentlich müsste mein Profil als Wirtschaftsjurist gut passen.«

Dieser Gedanke inspiriert ihn offenbar. »Jura ist die Ausbildung für das Richteramt und ein Richter muss seine

Entscheidungsprozesse immer offen halten, er kann nicht von vornherein auf ein Ergebnis zusteuern (›Sie sind schuldig, sowieso!‹). Diese Offenheit ist im Gerichtssaal unverzichtbar, von der Controlling-Denke aber ziemlich weit weg. Die Entscheidung zwischen guten Prozessen und guten Ergebnissen ist für einen Juristen sehr schwierig.«

»Solche Gewissensnöte möchten wir uns ja alle gern ersparen«, bestätige ich. »Sicher wäre die Firma Knieraum sofort bereit zu einer Beratung.« »Ja!« Er lacht. »Wenn du zu einer Unternehmensberatung gehst und dort eine umfassende Organisationsanalyse bestellst, dann ist das etwa so, also ob du in der Apotheke eine große Packung ›Placebo forte‹ orderst.« »Oh, ich dachte, du bist selbst so eine Art Unternehmensberater.« »Ja, deshalb weiß ich, wovon ich spreche.« »Hm. So streng würde ich nicht sein. Eine Unternehmensberatung hält dir halt den Spiegel vor. Wichtig ist, dass der Spiegel keine Delle hat, sonst wird man nicht adäquat abgebildet.«

»Irgendwo war zu lesen, dass sich die VRD jetzt neuen Themen zuwendet und ein großes KI-Projekt gestartet hat, künstliche Intelligenz zur Optimierung der Angebotsstrukturen. Interview mit Frau Dr. Stubbemann; ich werde das noch mal nachlesen, falls es nächste Woche klappt.« »Warum sollte das nicht klappen?«, fragt er. »Na ja, im Lotto gewinnt ja auch nicht immer die beste Kugel. Weiß der Himmel: Gleichstellung, Personalrat. Da steckst du nicht drin.«

»Wenn du der Frau Stubbemann vorschlägst, für die KI-

Analysen Quantencomputer anzuschaffen, dann hast du den Job.« Er lächelt süffisant. »Okay, ich werde aber hinzufügen, dass es deine Idee war mit den Quantencomputern.« »Gut, mach das.«

»Eigentlich passen künstliche Intelligenz und Geschäftsprozessorientierung nicht gut zusammen«, sage ich. »Wie kommst du denn darauf, das sind zwei digitale Megatrends.« Er scheint belustigt über meine Bemerkung. »Na ja, künstliche Intelligenz versucht aus einer Unmenge von Daten die darin verborgenen Entscheidungsregeln herauszukochen. Wenn die VRD zum Beispiel alle erfolgreichen Bewerbungen der letzten zehn Jahre in einem KI-Algorithmus analysiert und unsere beiden Bewerbungen nun diesem Algorithmus unterwirft, dann gibt das Programm eine Empfehlung – für dich oder für mich – und niemand weiß warum.« »Hm, warum weiß niemand warum?« »Weil die Entscheidungsregel des Programms nur ein Haufen komplexer Gleichungen sind, mit denen niemand etwas anfangen kann, ein Jurist schon mal gar nicht.«

»Man folgt den Empfehlungen des KI-Programms wie ein Jäger seinem Spürhund auf der Suche nach dem versteckten Wild. Die Entscheidungsregeln des Hundes, links oder rechts abzubiegen, die sind für uns nicht nachvollziehbar und der Hund kann sie auch nicht erklären. ›Das riecht man doch‹, würde er wohl sagen, wenn er sprechen könnte.«

Mein Gegenüber schweigt einen Moment, trinkt sein

Bier aus. »Und warum meinst du, passt das nicht mit Geschäftsprozessen zusammen?«, fragt er dann. »Weil Geschäftsprozesse genaue Vorgaben machen und immer nachvollziehbar sein müssen. Wilde Algorithmen, die unkalkulierbare Funktionen generieren, sind mit diesem Prinzip nicht kompatibel.« »Gut, dann muss man sie eben zähmen, deine Algorithmen.« Er wirkt etwas unwillig.

»Dann gibt es auch noch diese Blockchains.« »Was ist das nun wieder?« »So eine Art PDF-Format für Datenbanken, unabänderlich.« »Ja, doch, davon habe ich gehört, damit kann man sogar digitales Geld drucken.« »Na, drucken nun gerade nicht.« »Ach so, ja, nein, drucken natürlich nicht.«

Wieder schaut er auf die Uhr. Fünf Minuten bis Spandau. »Oh, es wird Zeit, ich hoffe, ich werde abgeholt.« Umständlich angelt er seine Laptoptasche unter dem Tisch hervor, stopft den Rechner hinein und schließt mit einer energischen Handbewegung den Reißverschluss. »Irgendwann wird es vielleicht Roboter geben, die man heiraten kann. Haha.«

Jetzt meldet sich auch die Zugchefin: »Wir erreichen den Bahnhof Berlin-Spandau heute voraussichtlich um 20:15 Uhr mit einer Verspätung von 14 Minuten, Ausstieg in Fahrtrichtung rechts ... Wir verabschieden uns von allen Fahrgästen, die in Spandau aus- oder umsteigen.«

Axel ist aufgestanden, steht im Gang, Koffer und Tasche auf dem Sitz abgestellt, feierlich windet er sich in Sakko,

Jacke und Schal. So stellt man sich einen Wirtschaftsjuristen vor. Spezialist für Millionenklagen. Ich überlege, ob es eine nette Geste wäre aufzustehen und ihm gentlemanlike in die Jacke zu helfen, aber da ist er schon fertig. »Also, toi, toi, toi, es bleibt spannend.« Während wir einander die Hände schütteln, schaut er mich mit kurz aufgerissenen Augen an, so wie manche Leute es tun, wenn sie signalisieren wollen, dass sie sich ganz besonders freuen, gerade dich zu treffen.

Axel gesellt sich in die Gruppe der Wartenden an der Zugtür, beim Aussteigen kann ich ihn nicht mehr sehen. Seine Offenheit hat mich verblüfft, vielleicht wollte er mir insgeheim signalisieren, meine Bewerbung zurückzuziehen. Schließlich sind meine Kinder groß und ich habe einen festen Job. Mit seinem Sieger-Habitus hätte er das aber kaum über die Lippen bringen können.

Die Illusionen, die sich jeder macht, die schließen einander nicht aus; trotzdem gut, dass letztlich nur einer eingestellt wird.

Spandau
Kapitel 28

Warten auf Dinge, die schon passiert sind, das kann dauern. Sehr ärgerlich, wenn die entscheidende Mail im Spam-Ordner landet. Im Briefkopf des Bewerbungsschreibens steht unsere Familien-Mail-Adresse. Hoffentlich hat meine Frau die Nachricht von Firma Knieraum nicht gefunden.

Der Lautsprecher meldet sich: »Die Weiterfahrt nach Berlin-Hauptbahnhof verzögert sich um einige Minuten, weil unser Gleis noch durch einen vorausfahrenden Zug belegt ist.« Vom Zugfenster aus sieht man den Turm des Spandauer Rathauses, der hell beleuchtet als Wahrzeichen der Stadt in die Dunkelheit strahlt.

Ein Schaffner und zwei Fahrgäste nutzen die Unterbrechung für eine schnelle Zigarette. Wortlos stehen sie beieinander um den halb-hohen Aschenbecher im gelben Areal des Bahnsteigs; sprungbereit, um die Abfahrt des Zuges nicht zu verpassen.

Beschleunigung durch Verspätung. Auf der Hinfahrt gestern kam der ICE, der um 17:01 Uhr in Spandau hätte sein sollen, erst um 17:20 Uhr, nur deshalb habe ich ihn erreicht. Die auf dem Hinweg gesparten 41 Minuten sind jetzt auf dem Rückweg fast schon wieder futsch. Kann man daraus etwas lernen?

Manche Psychologen sagen, dass nur der Flow uns glücklich macht. Der Wechsel vom Unglück ins Glück vor allem. Dieser Moment des Übergangs, der ist entscheidend. Gestern Nachmittag war ich eigentlich gut in der Zeit, locker hätte ich um 17:01 Uhr am Bahnhof Spandau sein können, aber dann, als es losgehen sollte, war plötzlich das Schlüsselbund unauffindbar. Die Gemütslage änderte sich von Neutral-Null auf Maximal-Minus, um dann, als sich die Schlüssel endlich in einer verborgenen Seitentasche wieder einfanden, auf Maximal-Plus zu springen. Nach einiger Zeit, auf dem Sitzplatz im doch noch erreichten Zug, ist der Pegel wieder bei Neutral-Null.

Beobachte dich selbst, das ist interessant. Wäre man alles in allem glücklicher gewesen, die ganze Zeit über bei Neutral-Null zu verweilen? Ohne Schlüsselsuche mit Happy End? Ist vielleicht das Unglück von heute die Spannung auf dem Bogen, der den Pfeil des Glücks gleich morgen umso schneller wieder nach vorn schießen lässt? Kann das ein Grund sein, immer wieder etwas Neues beginnen zu wollen? Mit garantiertem Happy End natürlich, das ist die Bedingung.

Mr. Non-Grata
Kapitel 29

Immer wieder trifft man interessante Menschen im Zug. Rein zufällig. Wenn der Wagen schwankt zum Beispiel, dann fällt man mitunter Leuten in die Arme, die man vorher gar nicht kannte. Auch Sitznachbarn sind Zufallsbekanntschaften. Die prominenteste Sitznachbarin, mit der ich jemals fahren durfte, war Lara Haberecht von der Dingspartei. Sehr sympathische Frau. Ich kannte sie bis dahin nur aus den Medien. Wenn sie im Fernsehen über Industriepolitik spricht, dann klingt es immer so, als möchte sie am liebsten noch Trabbis bauen lassen, um damit den Amerikanern im Handelskrieg ordentlich einzuheizen. Trotzdem, sehr sympathisch.

Gestern auf der Hinfahrt ergab sich eine denkwürdige Begegnung ganz anderer Art. Schon auf dem Bahnsteig in Spandau war mir der Mann aufgefallen. Mit glitzerndem Sakko und einer riesigen altmodischen Tasche, die Doktor Dolittle zur Ehre gereicht hätte, war er kaum zu übersehen. Als der Zug einfuhr, lief er unruhig umher, stellte sich auf die Zehenspitzen und versuchte, in die vorbeirollenden Wagen hineinzuschauen, was wegen der spiegelnden Fenster kaum gelungen sein dürfte.

Beim Einsteigen verlor ich ihn aus den Augen, aber kaum im Wagen angelangt, erschien er im Gang und platzierte seine Tasche auf dem freien Doppelsitz mir gegenüber.

»Könnten Sie bitte ein Auge auf mein Gepäck werfen?«
Schon war er wieder weg.

Nach einigen Minuten kam er zurück, drängte an seiner eigenen Tasche vorbei, um sich auf den Platz am Fenster fallen zu lassen, kleine Schweißtropfen im Gesicht. »Vielen Dank für die Aufsicht.« »Keine Ursache.« Er war ganz aus der Puste. »Ich suche meine Frau, die hätte am Ostbahnhof in diesen Zug einsteigen sollen.« »Ist sie nicht erreichbar?«, fragte ich. »Nein, das Handy ist aus, wahrscheinlich wieder der Akku leer bei dem alten Ding.« Erneut stand er auf und stopfte seine Tasche in die Gepäckablage. »Jetzt renne ich im Zug rum, suche sie überall, klopfe sogar an die Klotüren und lasse mich dafür anmeiern.«

Es stellte sich heraus, dass er und seine Frau als Clowns eine Art Tournee absolviert hatten, drei Tage durch die Berliner Kinderkliniken. Eine Stiftung finanzierte das Programm, das einmal pro Jahr stattfinde. Sie hätten sich beworben und seien jetzt zum dritten Mal engagiert worden. »Auch Clowns müssen sich bewerben?« »Ja, natürlich, mit Evaluation und allen Schikanen.«

»Sind Sie denn Profi-Clown?« »Nein, nein, das kann man kaum machen, viel mehr als die Unkosten kommt bei der Clownerei nicht rum.« Er holte eine Visitenkarte aus der Tasche. »Gerda & Gero – Die Gaukler« nannten sie sich, hätten sogar ein Gewerbe angemeldet, erklärte er. »Aber eigentlich ist es ein Hobby.« Beide arbeiteten noch; er halbtags beim Finanzamt und seine Frau ist Lehrerin.

»Eine Bewerbung als Clown ist bestimmt lustig?«, nahm ich an. »Wenn nicht, sollte man es lieber bleiben lassen«, entgegnete er. »Wie geht das?« »Na ja, erstmal schickt man kleine Videos, um sich vorzustellen, später zählt vor allem die Evaluation.« »Ah.« »Das mit der Evaluation ist eine kuriose Situation manchmal, wenn die Kinder den Bewertungsbogen schon während der Vorstellung in der Hand haben. Du machst einen Scherz und sie machen ein Kreuz.«

Sein Handy klingelte, seine Frau war dran. Sie wollte sich mal melden, damit er Bescheid wisse. Ein netter Mensch vom Oststadtkrankenhaus brachte sie nach ihrer Vorstellung direkt zum Bahnhof, so habe sie einen Zug früher erwischt. In Hannover sei sie nun umgestiegen und sitze jetzt im Anschlusszug nach Paderborn, alles in Butter, sie könne die Hunde pünktlich abholen. Seine Mutter brauche nicht zu warten. Gero schien erleichtert.

»Andere machen sich auch zum Clown, bei uns kann man es wenigstens sehen.« Munter kramte er einen kleinen Spiegel und einen Karton Kosmetiktücher aus der Tasche, um sich Schminkreste aus dem Gesicht zu wischen. »Wissen Sie, wir möchten dem Publikum etwas vermitteln, den Kindern und den Erwachsenen: Wer über sich selbst lachen kann, der hat alle Chancen auf ein fröhliches Leben. Das ist es, was wir eigentlich sagen wollen.«

»Interessant. Funktioniert das auch bei Kindern im Krankenhaus?«, fragte ich. »Ja, sicher.« Er holte eine bunte Puppe mit Gipsarm aus der Tiefe seiner Tasche, setzte sie auf seine Hand. »Die Kinder lachen über die Puppe und den Gipsarm. Am Ende geht es der Puppe wieder gut und den Kindern auch.« »Hm, so einfach ist das?« »Eigentlich ja.«

Dann erklärte er mir, dass er außer der jährlichen Krankenhaustour meist mit Erwachsenen arbeite. Man könne ihn buchen, für Betriebsfeste zum Beispiel. Die bereitet er immer gründlich vor, damit er wisse, wo er das Publikum abholen kann. Er gab mir noch eine zweite Visitenkarte »Mr. Non-Grata – Comedy live«, falls mal Interesse bestehe.

»Gibt es einen Trick, um gute Witze zu machen?«, fragte ich. »Schwierig« erwiderte er. »Komik ist vor allem der ›überraschende Kontrast‹. Man muss eine bestimmte Erwartung aufbauen und diese dann mit etwas völlig anderem spiegeln. Wenn das gelingt, ist es meistens lustig.« »Geben Sie mal ein Beispiel.«

Chinesischer Gastschüler: »Ich liebe die deutsche Küche, vor allem Spaghetti!« »Ah, ich verstehe, die Überraschung. Man rechnet mit ›Eisbein und Sauerkraut‹ und dann kommen die Spaghetti aus Italien ... Aber ist nicht auch ein Schuss Schadenfreude notwendig, damit die Komik zündet?«, vermutete ich. »Ja, durchaus, gar nicht immer böse. Zum Beispiel wenn die Enkelkinder ihre Großmutter ›Oma Bumm‹ nennen, weil sie eine Beule ins Auto gefahren hat.« »Dann lacht man mit den Kindern über die Oma, die das hoffentlich vertragen kann.« »Ja, hoffentlich.«

»Nach der ›Regel vom überraschenden Kontrast‹ entwickeln Sie also Witze für Ihre Auftritte.« »Genau, man braucht ständig etwas Neues, weil die Überraschung verfliegt. Ein Witz, den man schon kennt, ist weit weniger lustig.«

»Aber es gibt Witzklassiker, die jeder kennt«, sagte ich. »Okay, das ist dann die ganz hohe Schule, wenn der Witz so gut ist und die Überraschung nicht mehr braucht, weil er ein Lebensgefühl beschreibt, das man gemeinsam feiert. Loriot zum Beispiel, die Geschichte mit dem Kosakenzipfel, die erzählt man sich gegenseitig und lacht sich kaputt, weil jeder schon weiß, was passiert. Ich hoffe, dass mir eines Tages auch ein solcher Meisterwitz gelingt.«

Wir diskutierten fröhlich über Schadenfreude und ob sie erlaubt ist. Er erklärte mir, dass Clowns tatsächlich oft einsame Leute seien, weil sie mit ihren Scherzen im Laufe der Zeit alle Freunde verprellten. Ist die Einsamkeit also der Preis des Humors? Die Frage blieb offen.

Um ihm Mut zuzusprechen, zitierte ich meine Großmutter: »Ein kleiner Spaß zur falschen Zeit, schafft schnell ganz viel Verdrießlichkeit.« Wir plaudern und er macht sich Notizen. Ruck, zuck war die Hälfte der Hinfahrt erledigt. Fast hätte er in Hannover den Ausstieg verpasst. Das wäre nicht lustig gewesen.

Berlin-Hauptbahnhof
Kapitel 30

Also erst übermorgen, Gründonnerstag, direkt vor Ostern, gibt es eine verbindliche Nachricht aus Köln. Abhaken oder abwarten? Vielleicht doch noch etwas Zeit gewinnen. Ich könnte meiner Frau heute Abend ohne Weiteres vorschlagen, dass wir gleich nach Ostern gemeinsam ihre Eltern in Schwerin besuchen und anschließend fährt sie von dort aus direkt nach Greifswald zu ihrer Seminargruppe.

Wenn ich dann nämlich nächste Woche Donnerstag nicht in Greifswald sein muss, könnte ich durchaus nach Köln fahren. Gegebenenfalls.

Ein Besuch bei den Schwiegereltern wäre kein Opfer, denn mein Schwiegervater »Bobby« ist ein unterhaltsamer Mensch, die Schwiegermutter »Moni« sein bevorzugtes Publikum. Im Witz liegt für ihn Wahrheit, in der Anekdote auch. Gern erzählt er von der Arbeit im Orchestergraben. Zum Beispiel die Geschichte von der Pause, die sich – das beteuert er – genau so zugetragen hat:

»Orchestermusiker haben manchmal längere Pausen im Konzert, wenn ihr Instrument nicht zum Einsatz kommt. Damals war es erlaubt, dass man während dieser Pausen unauffällig in die Kantine ging. Dort konnte man aus einem kleinen Lautsprecher mithören, was die anderen gerade spielten. Drei Musiker saßen also in der Kantine, hörten gebannt auf die Musik, bis einer sagt: »»Achtung, jetzt kommt mein Solo.«

Bobby spricht dabei wie ein Schauspieler, der ein Stück vorträgt. Er betont jede Silbe, arbeitet mit den Händen und schüttet sich aus vor Lachen. Dann schaut er in die Runde: »Versteht ihr, wie verrückt die Welt ist?«

Verrückter als das Leben im Allgemeinen wäre unser Besuch bei den Schwiegereltern sicher nicht. Man würde uns also gern willkommen heißen, falls wir uns nach Ostern selbst einladen, hoffe ich.

Durchfahrt am Bahnhof Zoo. Hier schlägt das verruchte Herz des alten Berlin. Weiter geht's. Reichstag, Kanzleramt, für Berliner alles reine Routine.

Endlich erreichen wir Berlin-Hauptbahnhof, Ankunft 20:38 Uhr, 24 Minuten Verspätung. »We apologize for any inconvenience.« Von Gleis 4 unten im Hauptbahnhof zum Gleis 15 oben, wo die S-Bahn fährt, ist es ein ganzes Stück Weg. Vor dem Aufzug hat sich schon eine Schlange gebildet, also Gelegenheit zum Sport. Sechs lange Treppen im Spurt mit Koffer und Tasche, um die S-Bahn um 20:43 Uhr noch zu erreichen. Das gelingt mit Glück, denn die Rolltreppe hilft und die meisten Leute am Bahnhof treten einen Schritt zurück, wenn ihnen ein verschwitzter Sprinter mit glasigem Blick entgegeneilt. Knallend schließen die S-Bahn-Türen, Festhalten an einer der Schlingen, die einladend von der Decke baumeln.

An der S-Bahn-Station Tempelhof steht sogar noch mein Fahrrad, mit Kette und Schloss gegen die Widrigkeiten der Welt gesichert. Am Himmel der Nacht keine besonderen Vorkommnisse, die üblichen Sterne tun ihren Dienst, wie immer scheint der Mond der größte zu sein. Ich radele los, mit dem Koffer auf dem Gepäckträger, der sorgsam balanciert sein will. Obwohl heute erst Dienstag ist, stehen an den Straßenrändern überall Mülltonnen und Müllsäcke dicht beisammen, als ob sie auf den Bus warteten. Eigentlich wird der Müll immer donnerstags abgeholt, aber, stimmt, Freitag ist Feiertag, Karfreitag, da verschieben sich die Termine. Die Nachbarn haben es gewusst, klarer Fall von Schwarmintelligenz. Um kurz nach halb zehn bin ich zu Hause und stelle gleich mal die Mülltonne raus.

Koffer, Tasche, Jacke an die Garderobe, der Hund kläfft zur Begrüßung. Im Wohnzimmer sitzt der Teenager-Sohn, daddelt mit dem Handy vor laufendem Fernseher, Füße auf dem Tisch. Als ich ihn ermahne, stellt er Fragen aus seiner Führerschein-App, mit der er gerade für die Führerscheinprüfung übt. Zulässige Achslast bei Anhängern und solche Sachen. Fast hätte es Streit gegeben, weil er meinte, ich solle mich zu einer freiwilligen Nachschulung melden.

In der Küche findet sich noch ein Stück Pizza. Meine Frau kommt hinzu, als ich den letzten Bissen im Mund habe »Hallo Schatzi, hatte der Zug doch Verspätung?« »Ja.« Schluck. »Fast eine halbe Stunde.« »Wo warst du denn eigentlich?« »In Köln, Sitzung Formularausschuss, das weißt du doch.« »Im Büro haben sie gesagt, du hättest Urlaub.« »Wieso das denn?« »Frau Rosenholz hat angerufen, ob sie dich trotz Urlaub kurz sprechen kann.« »Ach so, na ja, was wollte sie denn?« »Keine Ahnung, war dann wohl doch nicht so wichtig.« »Hat sie etwas gemerkt?« »Was soll sie gemerkt haben?« »Na ja, dass du nichts von meinem Urlaub weißt.« »Woher soll ich das wissen? Frag sie doch, deine Frau Rosenholz.« »N-nein, lieber nicht.«

Ich beschließe, in die Offensive zu gehen: »Es ist nicht, wie du denkst, Schatzi«, und erzähle ihr die ganze Story. Zum Glück kann ich als Beweis die Mail von Frau Schrader, Firma Knieraum, vorweisen. »Schatzi, das wären zwei Gehaltsgruppen mehr, das kann man sich doch mal anschauen.«

Meine Frau ist kurz beeindruckt, das will ich nutzen. »Weißt du, es ist doch eigentlich gar kein Problem. Wir fahren jetzt über Ostern erstmal zu meinen Eltern, wie verabredet. Und gleich nach Ostern besuchen wir deine Eltern. Von dort kannst du dann in aller Ruhe zum Treffen deiner Seminargruppe weiterfahren. Ich würde dich dabei gar nicht stören.«

Ihre Antwort lässt nicht lange auf sich warten: »Erstens finde ich es scheiße, wenn du mir nicht die Wahrheit sagst. Zweitens fahren meine Eltern nach Ostern in ihre winzige Datsche, das habe ich dir erzählt. Und drittens bringen alle meine Freundinnen ihre Partner zum Treffen der Seminargruppe mit, das haben wir so verabredet, die Hotelzimmer sind schon gebucht.« Es entstand eine ziemlich lange Pause.

»Trotzdem, Glückwunsch zur Fast-Einladung in die zweite Assessment-Runde. Wir warten halt ab, übermorgen sehen wir weiter.«

Königsweg
Kapitel 31

Können Hunde lächeln? Dieser kann. Es ist Rocky von nebenan, wir treffen ihn öfter. Ein Pudel-Mix, freundlich zu allen Geschöpfen dieser Erde. Aber heute Morgen hat er keine Zeit. Also er hätte schon Zeit, aber sein Herrchen nicht. Rocky gehört Max Reber, der, mit Handy und Kopfhörer bewaffnet, frühmorgens schon schwierige Verhandlungen zu führen hat. Ein knapper Gruß, schon sind sie vorbei.

Das ist uns gerade recht, denn nach dem geheimen Bewerbungstag gestern müssen wir uns heute ebenfalls beeilen mit dem Hundespaziergang. Es ist Mittwochmorgen, Mails checken, das ist erstmal das Wichtigste, dann Auto abholen und rüberfahren ins Büro.

Kein Zufall, dass sich die Firma Knieraum per Mail meldet. Mails sind der Königsweg der Kommunikation heutzutage. Auch gewöhnliche Briefe aus Papier werden zu Mails verarbeitet und nennen sich dann »Geschäftsprozess«. Im Vergleich dazu ist die Anrufliste ganz unmaßgeblich geworden; wenn man zurückruft, heißt es meistens: »Danke, ich habe Ihnen gerade eine Mail geschrieben.«

Die Mails im Griff zu haben, bedeutet, die Arbeit im Griff zu haben. Im Moment kann ich das nicht behaupten. Oft stellen sich Gewissensfragen. »Antworten« oder »Allen antworten«? Wie wichtig ist das, was ich zu sagen habe? Man möchte sich ja nicht in den Vordergrund drängen. Mancher Kollege hat damit kein Problem: Antwort immer an alle, Kopie für die Geschäftsführung.

Stets schwierig sind Anfragen an große Verteiler. Zehn Leute werden gefragt, eine Antwort genügt. Problem ist nicht der Inhalt, sondern die Abstimmung. Man will nicht vorgreifen, man will sich nicht einmischen, man will sich aber auch nicht vor der Arbeit drücken. Gibt es jemand, der sagt: »Dies ist MEIN Thema!« Dann sollte vielleicht derjenige auch antworten. Wenn der nun aber im Urlaub ist, Mail wieder schließen, zur Erinnerung als »ungelesen« markieren, so füllt sich der Account.

Eine besondere Kategorie entsteht durch den Vermerk »VERTRAULICH«. Ich fühle mich immer geehrt, wenn ich solche Mails bekomme, und überlege sofort, an wen ich diese besondere Ehre weiterreichen kann. »Als Zeichen der besonderen Wertschätzung, die ich für Sie hege, leite ich Ihnen diese streng geheime Mail weiter, die Sie eigentlich überhaupt nichts angeht.«

Manche Mails freilich sind so geheim, dass man sich gar nicht traut, sie überhaupt zu lesen. Am besten gleich löschen. Schließlich sind noch zig andere Mails im Postfach, die Fragen aufwerfen. Öffnen oder nicht öffnen? Bin ich Empfänger oder nur in Kopie? Werbung oder wichtig? Mit Anhang oder ohne? Muss ich antworten oder nicht? Sofort oder später?

Im Homeoffice ist das mein bevorzugter Workflow: Aufstehen, Mails checken, beim Hundespaziergang nachdenken (Fides, was meinst du dazu?), dann ALLEN antworten. »Wenn es Ihnen recht ist, schicke ich einen Link.«

Kreuzberg
Kapitel 32

Aus der Werkstatt im freundlichen Autohaus erklingt Musik. Bill Haleys »Shake, Rattle and Roll«. Auf der Hebebühne schwebt ein alter Mercedes, Baujahr vor 1980. Von den Monteuren sieht man nur die blauen Beine, ob sie im Takt arbeiten, ist nicht zu erkennen. Aber der Wackel-Dackel auf der Heckablage im Mercedes nickt rhythmisch mit dem Kopf. Avantgardistische Retrospektive. Das Alte ist wieder ganz modern.

Pünktlich um 11 Uhr bin ich mit dem Fahrrad vor Ort. Mein Saab 95 scheint fertig, steht auf dem Parkplatz der alten Seifenfabrik, die dem Autohaus seit geraumer Zeit als Domizil dient. Man würde kaum annehmen, dass es in Kreuzberg noch solch verwunschene Ecken gibt. Morbider Charme, sehr authentisch. Klaus Benning, jetzt Chef hier, war schon damals dabei, als die Fabrik von Hausbesetzern erobert wurde. Vergilbte Bilder und Zeitungsausschnitte an den Wänden der Werkstatt beweisen es.

»Sie haben dann nach der Hausbesetzung also umgeschult!?«, frage ich. »Das finde ich gut. ›Handwerk hat goldenen Boden‹, sagte meine Großmutter immer.« Klaus Benning ist ein Unternehmer mit proletarischen Stolz. Die lobenden Worte einer bürgerlichen Großmutter sind ihm unangenehm. Er verzieht keine Miene.

Wir gehen also zum Wagen und er zeigt mir im Motorraum all die Stellen, über die ich mir Sorgen machen soll. »Wollen Sie den Wagen nicht verkaufen?«, fragt er schließlich. »Oh nein, nein. In diesem Auto habe ich meine Frau kennengelernt, später saß unser Sohn im Maxi-Cosi auf dem Rücksitz und bald wird er mit Führerschein den Fahrersitz übernehmen. Das Auto ist Teil unserer Biografie, unsere Auto-Biografie, verstehen Sie? Haha.«

Ich lache allein. »Gut, dann können wir ja.« Er zeigt auf eine graue Metalltür mit der Aufschrift »Büro«. Lässig hantiert er dort an einer ölverschmierten Tastatur, bis schließlich der Drucker am Seitentisch einen Stapel Papier auswirft. »Ihre Rechnung.« Er nimmt die Blätter aus dem Drucker und wirft einen prüfenden Blick darauf. »Sie haben Glück, wir sind unter 3.000 Euro geblieben. Zahlen Sie bar oder mit Karte?«

Während ich schreckensbleich die Geheimzahl eintippe, winkt er schon durchs Fenster zu seinen Leuten nach draußen. Dort hat man bereits begonnen, mit Bier und Bratwurst die Betriebsferien einzuläuten. Er hilft mir noch, das Fahrrad in den Wagen zu laden. »In vier Monaten ist der TÜV fällig. Vielleicht überlegen Sie sich das mit dem Verkauf nochmal.«

Kurz vor 13 Uhr bin ich mit dem Auto schließlich in der Verwaltung. Frau Rosenholz, die Sekretärin, macht gerade einen Parkplatz frei; sie winkt und kommt mit offener Seitenscheibe herangefahren. »Entschuldigung, ich wollte Sie gestern nicht im Urlaub stören, aber es war dringend, deshalb mein Anruf. Haben Sie heute Morgen meine Mail gelesen?« »Oh, äh, nein.« Hinter uns kommt ein anderer Wagen und testet seine Lichthupe. Frau Rosenholz ist das unangenehm, sie muss jetzt leider weg, hat mir aber einen Zettel auf den Schreibtisch gelegt. »Wir sehen uns morgen.«

Die Kollegin an der Rezeption unserer Verwaltung sieht mich kommen, öffnet per Knopfdruck die Automatiktür. »Vielen Dank.« Gleich hinter der Tür steht eine Palette Kopierpapier, noch mit Plastikfolie umwickelt. Der Hausmeister hat Urlaub. Die Arbeit mancher Leute bemerkt man vor allem dann, wenn sie nicht da sind.

Im Flur vor meinem Büro im dritten Stock sind mehrere Plastikeimer aufgestellt, große und kleine, verschiedene Farben, bunt gemischt. Auf dem Schreibtisch der Zettel von Frau Rosenholz. Seit dem Starkregen gestern ist unser Dach wieder undicht. Weil ich auf ihre Mail nicht geantwortet hätte, habe sie nun selbst den Dachdecker bestellt, der schafft es aber wahrscheinlich erst morgen, am Gründonnerstag, Nachmittag.

Das Problem mit dem Dach ist nicht neu; alle zwei Monate etwa müssen wir den Dachdecker rufen, der kennt uns schon und kommt sogar am Wochenende. Ein Architekt hat ein Gutachten erstellt, darin heißt es, dass die notwendige umfassende Dachsanierung den Bestandsschutz im Brandschutz gefährdet. Kostenschätzung im oberen sechsstelligen Bereich. Dafür kann der Dachdecker ein paar Jahre lang kommen. Nur die bunten Eimer stören auf die Dauer.

Eigentlich war ich nicht lange weg, aber der Ausflug nach Köln erzeugt ein Gefühl von Rückkehr. Im Büro nehme ich ein Bild von der Wand, das mir schon lange nicht mehr gefällt; verspielt und verträumt passt es besser ins Schlafzimmer. Inspiriert durch die Kölner Kunst soll ein neues Bild entstehen. Starke Farben auf weißem Grund. Frisch ans Werk. Gleich morgen wird Material besorgt.

Wie geht es den Büropflanzen? Unsere Expertin im Haus ist Sabine Grassmann. Sie hat den grünen Daumen ins Büro mitgebracht, jeder Erfolg im Blumentopf ist für sie eine persönliche Genugtuung. »Seht her! Ein Blatt ist uns geboren.« Wer seine Büropflanzen vernachlässigt, wird von ihr persönlich ermahnt. Ausreden lässt sie nicht gelten. »Nein, der Hibiskus ist nicht in der Mauser.«

Diesmal ist alles in Ordnung. Aber letzten Sommer blieben meine Blumen zwischenzeitlich unversorgt. Bei der Rückkehr dann, auf der Fensterbank, ein Bild des Jammers. Wo sonst grüne Kraft weit um sich griff, bedeckten nun hellbraune Blätterreste die Ränder der Töpfe. Niemand hätte sagen können, welchem der traurigen Gefäße der göttliche Funke des Lebens noch innewohnte. Doch tatsächlich, Amaryllis erwachte erneut. Schluck für Schluck Wasser ließ das Wunder des Lebens aufs Neue geschehen.

Nicht selten stehe ich sinnend am Blumentopf, Blick aus dem Bürofenster. Beeindruckend ist diese unendliche Großzügigkeit, mit der sich die Funken des Lebens in die Welt ergießen. Pusteblume, Kaulquappe, alles entsteht in Überzahl. Wer überlebt? Im Blumentopf der Kaktus jedenfalls.

In den Mails eine Nachricht von Frau Schaller, Mitarbeiterin im Mutterschutz. Sie bedankt sich für meine Glückwünsche zur Geburt ihrer Tochter, möchte aber darauf hinweisen, dass »Alva« kein indischer Name sei, wie ich vermutet hatte, sondern von den Germanen stamme, den Wikingern sogar. »Da sieht man mal«, schreibe ich zurück, »dass unsere Sprache indogermanisch ist.«

Es findet sich auch die Mail von Frau Rosenholz, wegen des Dachschadens. Sie hatte die Betreffzeile leer gelassen, deshalb ist mir die Nachricht durchgerutscht.

Kollege Computer, Mr. No Reply, schickt Störungsmeldungen. Gleich viermal meldet er sich gestern, zum Glück mit Happy End. »Die Probleme konnten behoben werden.« Nicht immer geht es so glimpflich ab, mitunter wahrt die Technik ihr Mysterium:

Unsere elektronischen Signaturkarten zum Beispiel, die wir für Zahlungsvorgänge einsetzen, die stürzen öfter ab. Einfach so, ohne ersichtlichen Grund. Das ist sehr ärgerlich, weil die gesamte zu signierende Arbeit verloren geht. Was kann man tun? Manchmal hilft es, wenn man das Kabel der Tastatur zieht und wieder einsteckt, den Rechner neu startet oder das Programm wechselt ... Immer wieder wird berichtet, dass diese oder jene Maßnahmen geholfen hätten.

Doch das Problem verschwand nicht. Wie ein kicherndes Phantom erschien es mal hier, mal dort. Bis endlich klar war, dass alle unsere Tricks keinerlei Wirkung hatten. Als tatsächliche Ursache entpuppte sich die schwankende Auslastung des externen Signaturkarten-Servers. Erst als dieser aufgerüstet wurde, war die Lösung erreicht.

Was lernen wir daraus? Im Einflussbereich eines unbekannten externen Zufallsgenerators ist die »Wirksamkeit« eigener Maßnahmen kaum zu beurteilen. Tröstlich oder traurig? Wie man's nimmt.

Ministerium
Kapitel 33

Bling, neue Mail von Miriam Jungesblut. Sie ist die Leiterin meines Lieblingsprojekts »Bürokratieabbau in gegliederten Verwaltungsstrukturen«, Projektförderung durch das Bundesministerium für Arbeit und Soziales. Als Freiwillige zur Mitarbeit im Projekt gesucht wurden, habe ich mich sofort gemeldet.

> Die Grundidee ist einfach: Die Verwaltungen sollen Serviceleistungen für die Bürgerinnen und Bürger erbringen, statt sich untereinander in Nullsummenspielen zu beharken. Gewisse Unschärfen an den Zuständigkeitsgrenzen führen jedoch dazu, dass man sich gegenseitig mit aufwendigen Erstattungsverfahren konfrontiert. Durch Vereinfachung dieser Verfahren soll Abhilfe geschaffen werden.

Das Ministerium fördert das Projekt, weil es wie ein guter Familienvater keinen Streit unter seinen Kindern möchte. Die Hartnäckigkeit des Vaters führt schließlich zum Erfolg. Nach langen Verhandlungen konnte die neue »Verwaltungsvereinbarung zur Erstattungsvereinfachung« endlich abgeschlossen werden und ist bereits seit sechs Monaten im Testbetrieb.

Frau Jungesblut schreibt nun wegen der Projekt-Statistik. Im Projekt-Lenkungskreis habe man beschlossen, den Verwaltungsaufwand pro Erstattungsverfahren anhand der durchschnittlichen Blattzahl der Verwaltungsakten zu messen; denn diese Größe sei bei digitaler Aktenführung gut zu ermitteln. Die ersten Ergebnisse seien ermutigend.

Während die durchschnittliche Erstattungsakte nach dem alten Verfahren 23,5 Seiten umfasste, seien es jetzt nur noch 21,4 Seiten. Damit konnte also ein Rückgang des Verwaltungsaufwands um fast 10 Prozent erreicht werden. Frau Jungesblut gratuliert den Projektteilnehmerinnen und Projektteilnehmern und dankt im Namen des Ministeriums.

Betrüblich sei allein die Tatsache, dass sich die Zahl der Erstattungsverfahren im selben Zeitraum von bisher 744 Fällen auf nun 953 Fälle, also um 28 Prozent, erhöht habe. Die Projektbeteiligten werden dringend gebeten, in ihren Häusern die Gründe für diesen Anstieg der Fallzahlen zu ermitteln.

Die Anfrage schicke ich direkt weiter an Dr. Schwarz, den Leiter unserer Finanzabteilung. Der antwortet prompt. Die neue Vereinbarung funktioniere aus seiner Sicht ganz hervorragend. Er habe eine neue Mitarbeiterin eingestellt, die sich hauptsächlich darum kümmere. Als Ziel habe er ausgegeben, dass bei den Erstattungsverfahren immer ein Überschuss erzielt werden müsse. Das klappe zwar im Moment noch nicht, aber wir arbeiten verstärkt daran. Notfalls werde er weitere Personalressourcen aktivieren.

Schnelle Mitte
Kapitel 34

Nach der Arbeit ist wieder der Hund ein Grund für Frischluft und Bewegung. Wer vom Bauernhof stammt, der betont gern sein rein sachliches Verhältnis zum Vierbeiner. Der ist kein Staatsbürger, sondern ein Funktionstier. Zwar schläft er im Bett und sitzt auf dem Sessel, aber sonst herrschen strenge Regeln. Heute Abend sind wir mit Rollleine und Kack-Tüte wieder professionell unterwegs. Fides, der Cocker-Spaniel, und ich.

Als wir zurückkommen vom Hundespaziergang, schließt meine Frau gerade die Haustür auf, bepackt mit Tüten und Taschen. Sie war noch einkaufen und hat jetzt wenig Zeit, weil in einer halben Stunde die Probe im Gemeindezentrum beginnt. Der Kantor möchte dort eine A-cappella-Gruppe gründen. Vorgestern Abend, am Montag, als ich in Köln war, habe er alle Interessierten zu einem Kennenlerntreffen eingeladen. Vier Frauen und vier Männer seien gekommen, das passe perfekt. »Lauter nette Leute sind das«, sagt sie und freut sich schon. Weil aber die Männer oft Wackelkandidaten seien, will sie sicherheitshalber noch ihren Schulfreund Julian kontaktieren. »Der hat eine tolle Stimme und einen Ersatzmann kann man immer mal gebrauchen.« Heute ist die erste Probe. Kirchenmusik natürlich, aber auch andere Sachen, wie den »Chanson d'Amour« von Manhattan Transfer; ra da da da da.

Fröhlich radelt sie davon. In der Eile habe ich ganz vergessen, ihr zu sagen, dass ich mich heute Abend mit Robert Fredermann in einer Kneipe treffe. »Schnelle Mitte« heißt der Laden, komischer Name, nie gehört. 19 Uhr oder 19:30 Uhr, ich weiß es nicht mehr genau. Mit der U-Bahn kommt man aber ganz gut hin. 19:40 Uhr bin ich schließlich dort.

Die »Schnelle Mitte« entpuppt sich als Sport-Kneipe, mit Raucherzimmer und Live-Übertragungen auf großer Leinwand. Hier dreht sich alles um Handball. Die Wände sind voller Plakate, Bilder und Trikots mit Autogrammen und Widmungen von Spielern mehrerer Generationen.

Robert kann ich erst nicht finden. Ich bin zu spät, hoffentlich ist er nicht schon gegangen. Aber nein, er hat sich unter die Fans an der Theke gemischt und ist im Trikot der »Füchse« kaum zu erkennen; neben ihm eine Frau im passenden Alter. Er winkt mir zu, bestellt an der Theke zwei Bier und bringt diese auch gleich mit zu einem der Ecktische, der noch frei ist.

Es sei nett, dass ich gekommen bin. Er hätte gestern, als wir uns verabredet haben, ganz vergessen, dass heute die Füchse gegen Belgrad spielen. Europapokal, Hinspiel im Achtelfinale. Die Scheidungssache sei im Moment geklärt, Uta, seine Frau, verdient bei Rossmann sehr gut, das habe er inzwischen in Erfahrung bringen können. Er gibt das jetzt alles an seinen Rechtsanwalt. In einer knappen halben Stunde gehe das Spiel los, das sollten wir uns anschauen.

»Ich wusste gar nicht, dass du Handball-Fan bist.« Er sei nicht nur Fan, sondern früher auch Spieler gewesen, in seiner besten Partie habe er mal acht Tore gemacht, gegen die zweite Mannschaft der Füchse. Der Trainer der Füchse hätte ihn nachher auch angesprochen, sich aber später doch nicht mehr gemeldet. »Was soll's, das ist lange her.«

Die Frau, mit der Robert an der Theke gestanden hatte, kommt zu uns an den Tisch und fragt, ob wir nicht rübergehen wollten, in den Raum mit der Fernseh-Leinwand »Sonst bekommen wir keine vernünftigen Plätze mehr.« Robert ist ganz Gentleman: »Darf ich vorstellen, das ist Claudia. Claudia, das ist Armin.« »Hallo.« »Hallo.« Wir gehen also rüber und ich erfahre, dass Robert und Claudia schon zusammen zur Schule gingen, später dann im selben Verein Handball gespielt haben und sich heute Abend zum ersten Mal seit bestimmt drei Jahren wieder begegnet sind.

Auf der Leinwand läuft schon der Vorbericht. Ein großer Mann im Sportdress und ein kleiner Mann im bunten Pullover werden interviewt, beide versprechen den Fans ein spannendes Spiel und vollen Einsatz. »Wer ist das?«, frage ich Claudia, die jetzt neben mir sitzt. »Das ist der Chef«, antwortet sie. »Welcher, der Kleine oder der Große?« »Der Kleine.« »Ah.«

Die Spieler werden vorgestellt und Robert erklärt mir, dass er immer auf »Halblinks« gespielt habe, manchmal auch »Linksaußen«. Meine Frage, wie das denn möglich sei, wo er doch gar kein Linkshänder ist, schafft große Harmonie zwischen Claudia und Robert, die jetzt mitleidige Blicke austauschen. »Linkshänder sind im Handball immer sehr gesucht.« »Oh, mit meinen zwei linken Händen müsste ich ja dann der König sein bei euch. Haha.«

Robert spricht über die Geheimnisse der Handball-Taktik: »Hinten dichtmachen, vorne reinschmeißen! Das ist das Wichtigste.« »Was meinst du mit ›reinschmeißen‹?«, will ich wissen. »Den Ball natürlich!« »Ach so, ja, den Ball natürlich.« Kaum hat das Spiel begonnen, wird es auch schon unterbrochen, weil der Trainer der Füchse eine grüne Karte auf den Tisch des Schiedsgerichts knallt, um eine Auszeit zu nehmen. Die Uhr wird angehalten und die Spieler versammeln sich um den Trainer, manche kommen ganz nahe, hängen fast an seinen Lippen, andere bleiben lässig auf Distanz. Die Fernsehleute bringen ein riesiges Mikrophon, das aussieht wie ein Pudel am Spieß und halten es an einer langen Stange über die Köpfe der Spieler in die Mitte des Kreises. Man hört jetzt sehr genau, was der Trainer sagt: »Männer«, sagt er, »ihr müsst hinten dichtmachen und vorne reinschmeißen! Okay?« »OKAY!«

Aus den Augenwinkeln sehe ich, dass Claudia und Robert jetzt enger beisammensitzen, als es rein sachlich erforderlich wäre. Ich will nicht länger stören, sage, es sei schon spät, ich müsse jetzt gehen. Robert protestiert schwach und erkundigt sich, ob wir Samstagabend zu einer Grillparty in seinen Garten kommen wollen. Er würde sich freuen, jeder bringt etwas mit. »Oh, vielen Dank, ich frage meine Frau, das sollte klappen.« Der Tresen ist jetzt ganz frei, ich zahle die Biere und winke zu Robert rüber, damit er es sieht. Claudia winkt zurück, sie wird es ihm wohl sagen.

Neue Freiheit
Kapitel 35

Donnerstagmorgen ist alles sehr eilig, weil ich meiner Frau versprochen habe, beim Hundespaziergang auch gleich noch die restlichen Kirchenzeitungen auszutragen. »Wenn du das machst, kommst du in den Himmel.« »Wann? Jetzt gleich?« »Nein, später.«

Im Büro kaum angekommen, beginnt auch schon der Jour fixe der Standortleitungen, Online-Sitzung. Kamera an, wie sehe ich aus? Muss reichen. Es gibt technische Probleme. »Herr Hagelmann, Sie sind ja ganz unscharf, so kennt man Sie gar nicht.« Mit einiger Verspätung klinkt sich der Kollege aus Stuttgart ein. Der Vorsitzende ist leicht erbost. »Sie mussten wohl erst noch die Spülmaschine ausräumen, was?« Der Kollege beteuert seine Unschuld. »Nein, nein, so etwas tue ich grundsätzlich nicht.«

Die Möglichkeit, schnelle Besprechungen online durchführen zu können, hat wahrscheinlich auf der ganzen Welt dazu geführt, dass deren Zahl enorm gestiegen ist. Statt, wie früher, einmal im Quartal in die Hauptverwaltung zu reisen, finden bei uns die Sitzungen der Standortleiter nun wöchentlich statt, meist vom Homeoffice aus. Damit sind alle einverstanden, denn es birgt ganz neue Freiheiten. Endlich kann man im Büro wieder rauchen; auch der Hund stört niemanden, sobald er bellt, schalte ich das Mikro aus (oder an). Außerdem schmeckt der eigene Kaffee besser als die übliche Sitzungsbrühe.

Vielleicht könnte man noch spezielle Tassen für Online-Sitzungen erfinden, mit einem Smiley auf der Unterseite, damit auch beim Trinken jemand in die Kamera lächelt.

Gleich nach dem Jour fixe der Standortleiter erklingt eine kleine Melodie aus dem Rechner. Videoanruf von Dr. Schwarz, Leiter der Finanzabteilung in der Hauptverwaltung. Er habe gesehen, dass ich jetzt frei bin. »Vielen Dank für die Information zum Erstattungsverfahren, das läuft wirklich gut, das werden wir ausbauen.« Warum er jetzt aber anrufe, sei unser Dach; beziehungsweise der Schaden daran. Ob sich das Problem erledigt habe?

»Nein, leider nein, im Flur vor meinem Büro stehen immer noch drei Wassereimer. Heute Nachmittag kommen wieder die Dachdecker zur Reparatur; das ist alles sehr teuer, unser Haushaltsansatz ›Instandhaltungskosten‹ wird in diesem Jahr völlig überzogen.« »Genau darum geht es mir«, betont Dr. Schwarz, »in drei Wochen ist die nächste Sitzung des Bau- und Finanzausschusses, der Empfehlungen abgibt für den Haushaltsauschuss, der dann über das nächste Jahr befinden muss. Wenn das Dach erneuert werden solle, brauche er außer dem Gutachten des Architekten, das ihm schon vorliege, dringend noch eine WiBe, ob ich die schon fertig habe?

»Eine WiBe? Sie meinen eine Wirtschaftlichkeitsberechnung?« »Ja, natürlich!« Um ihn abzulenken, frage ich nach der Carrerabahn, die im Hintergrund seines Zimmers zu sehen ist. »Die gehört meinem Sohn. Was ist jetzt mit der

WiBe? Die müssten wir eigentlich mit den Sitzungsunterlagen versenden, gleich am Dienstag, direkt nach Ostern.«

Wir einigen uns darauf, dass ich bis zur Haushaltssitzung
in drei Wochen eine Tischvorlage erstelle. »Ich könnte die
Tischvorlage auch in der Sitzung dann selbst erläutern,
wenn es gewünscht wird.« Das scheint ihm nicht unrecht
zu sein. Ob der Architekt, der das Gutachten geschrieben
hat, vielleicht auch dazu kommen könne, will er wissen.
»Ja, das glaube ich schon. Den Termin wird er sich einrichten. Es ist ja schließlich kein kleines Projekt.«

Die Frage, ob auf der Welt mehr Schaden entsteht durch
Übereifer oder durch Nachlässigkeit, beantwortet Dr.
Schwarz mühelos. »Letzteres natürlich, Letzteres.« Für
den Augenblick ist er zufrieden, er will sich mit der Geschäftsführung besprechen. Und ich werde eine WiBe
vorlegen, wie er sie noch nicht gesehen hat; und zwar
streng nach dem Handbuch des Innenministeriums, mit
Minus-Zins und allen Schikanen. Man wird staunen.

Heldentat
Kapitel 36

Frau Rosenholz trägt gern Leopardenmuster. Jacke, Hose, Schuhe, heute alles Ton in Ton. »Das kann eine Frau nicht lernen, dafür muss sie geboren sein.« Fragen zu meinem Urlaub von vorgestern vermeidet sie. Aber einige Kolleginnen und Kollegen hätten Urlaubsanträge gestellt für die Osterferien, die solle ich bitte rasch noch genehmigen. Sie selbst würde heute wohl auch um 12 Uhr Schluss machen, Gleitzeit abbauen. Okay, wird erledigt.

Beim Durchblättern der Mails des Tages hätte ich fast eine Mitteilung der Innenrevision übersehen, die an alle Lokationen gerichtet ist. Mit einem roten Ausrufezeichen, Priorität hoch. »Aus gegebenem Anlass«, wolle man ab Mitte Juni eine Sonderprüfung durchführen, zum Thema »Verjährung und Verzinsung«. Im Anhang drei Seiten Prüfungsunterlagen, die wir schonmal zusammenstellen sollen.

Interessantes Thema eigentlich. Das soziale Subsystem zwischen Kontrolleur und Kontrolliertem. Kontrollieren und kontrolliert werden. Wie im Biologieunterricht damals, das Modell von Räuber und Beute. Fressen und gefressen werden. Nein, Unsinn, die Natur ist diesmal kein Vorbild.

Viele Arbeitsaufgaben bestehen – ganz oder teilweise – darin, Vorleistungen Dritter zu kontrollieren. Gern zitiert wird der Genosse Lenin: »Vertrauen ist gut, Kontrolle ist besser.« Völlig klar. Wer vertrauensselig durchs Leben läuft, der kommt nicht weit. Kontrolle ist insoweit auch ein Stück Misstrauen. Nicht nur Misstrauen natürlich, nein, nein, Kontrolle ist ebenso Beratung und Unterstützung, ja, aber halt auch Misstrauen. Darin liegt die Krux. Wer viel kontrolliert, bringt auch viel Misstrauen zum Ausdruck.

Ein Kontrolleur mit hohem Fleißfaktor und viel Fantasie – so wie unsere Frau Wilke, die neue Innenrevisorin der Hauptverwaltung – ist für die Kontrollierten eine Zumutung. Nicht, weil sie Angst haben, erwischt zu werden, nein, »Dienst nach Vorschrift« lernt man schnell. Eine Zumutung ist es, weil Misstrauen ein Element von Missachtung enthält. Warum kontrollierst du uns? Weil du glaubst, dass wir unzuverlässig sind oder unfähig oder gar unehrlich?

Das Dilemma des Kontrolleurs ist offenkundig. Er hat durchaus nicht den Ehrgeiz, möglichst viele Leute vor den Kopf zu stoßen, aber er ist halt tüchtig und nicht dumm. Außerdem besitzt er eine gute Portion Sportsgeist und vor allem hasst er das Gefühl, nur pro forma zu arbeiten.

Wahrscheinlich ist darum der Ton der Kontrolleure oft etwas harsch. Unübertroffen in der jüngeren deutschen Geschichte sind sicher die Grenzkontrolleure der DDR, die mit großem Eifer so unglaublich viel für den schlechten Ruf ihres Dienstherrn getan haben (»Können Se läsen?«).

Aber, aber, Kontrolle stiftet auch Frieden. Immer dann

nämlich, wenn uns selbst das Misstrauen plagt. »Ich halte mich immer treu und brav an alle Regeln, doch gewiss bin ich der Einzige, der solches tut. Meine Gutmütigkeit wird ausgenutzt.« Genau dann wünsche ich mir strenge Kontrollen – für mich, meinetwegen, und für die anderen insbesondere. Kontrolle kann dann sogar den Charme eines David-Goliath-Spiels entwickeln, wenn zum Beispiel der Bürgermeister beim Falschparken erwischt wird.

Eine Heldentat unserer hauseigenen Revision fällt mir ein. Damals, als begonnen wurde, herkömmliche Rechnungen elektronisch zu verarbeiten, lief das neue Programm noch nicht ganz fehlerfrei. Mehrfach wurde die Telefonnummer als Zahlbetrag ausgelesen. Das war teuer. Der Revisor hat uns gerettet.

Okay, also gut, Sonderprüfung im Juni, kriegen wir hin. Seit die Revision die Akten online einsehen kann, ist die Prüfungsvorbereitung ohnehin nicht mehr so viel Aufwand.

Herzklopfen
Kapitel 37

Auch Kollege Schummermann hat eine Mail geschrieben, die noch auf Antwort wartet, vorige Woche schon. Wegen seines bevorstehenden Urlaubs soll ich mich bitte beeilen mit der Stellungnahme zu seiner neuesten Anfrage. Frist zwei Wochen. Meine Güte. Seit Albert Einstein wissen wir, dass auch Zeit etwas Relatives ist. In der gekrümmten Raum-Zeit des Verwaltungswesens sind vierzehn Tage ein Wimpernschlag, gewissermaßen.

Vorher schnell noch bei Frau Fuchs vorbeischauen, der Vorsitzenden des örtlichen Personalrats. Frau Fuchs ist eine gesuchte Ansprechpartnerin der Kolleginnen und Kollegen, Empathie ist ihre Stärke. Niemand muss befürchten, dass er sich beruhigen soll, wenn er aufgebracht zu ihr kommt. Aber heute geht es nur um Zeiterfassung im Homeoffice. »Danke. Wir werden das mit der Hauptverwaltung klären.«

Mittagspause. Anstellen beim Bäcker. »Ist hier das Ende der Nahrungskette? Haha.« Zurück mit Brötchentüte. Die Kollegin am Empfang weiß schon, dass für den Nachmittag noch der Dachdecker angekündigt ist, Firma Schindel-Meier, wie immer. Meinen Hinweis quittiert sie mit einem Nicken. Bis 14 Uhr ist der Empfang besetzt heute, sie ruft durch, wenn der Dachdecker bis dahin kommt.

Endlich Nachricht von der VRD, aus dem Büro von Frau Dr. Stubbemann, der Geschäftsführerin, persönlich. »Ausschreibungsverfahren Stabsstelle Strategie« steht im Betreff. Öffnen mit Herzklopfen. Im Verteiler eine langen Liste von Adressen, die meist intern zu sein scheinen. Zum genannten Ausschreibungsverfahren seien aktuell noch klärungsbedürftige Rechtsfragen aufgetreten. Mit der juristischen Abteilung der VRD werde man sich um eine zeitnahe Lösung bemühen. Bis dahin müsse das Verfahren ausgesetzt werden. Der Folgetermin nächsten Donnerstag sei storniert. Wir erhalten zu gegebener Zeit weitere Nachricht. »Vielen Dank für Ihr Verständnis.«

Nachschauen in der Empfängerliste, ja, Axel Seidensticker ist auch dabei. Frau Holzmüller, die Moderatorin, steht in Kopie. Soll man antworten? Allen antworten? Was soll man schreiben? Ein freundlicher Text fällt mir nicht ein. Die Lesebestätigung, ja, die darf versendet werden.

Es klopft an der Bürotür, Frau Li vom Reinigungsdienst schaut herein. »Haben Sie Müll gemacht?«, fragt sie. »Ja, heute nur.« Sie nickt verständnisvoll, denn den Witz kennt sie schon. Manchmal unterhalten wir uns ein wenig, aber meistens geht sie ohne Umstände direkt zum Mülleimer, den sie unter meinem Schreibtisch hervorangeln muss. Mit gezielten Tritten gegen den Eimer versuche ich ihr zu helfen. Ist der Eimer leer, hält sie ihn fast vorwurfsvoll in meine Richtung. So als wollte sie sagen: »Was ist los? Nichts geschafft heute?«

Das Telefon klingelt, Frau Rosenholz hat umgeschaltet, es ist Herr Meier von der Firma Schindel-Meier, Dachdeckerei. Er steht mit seinem Mitarbeiter vor verschlossener Tür, niemand mehr da. Deshalb hat er einfach die Nummer angerufen, die er von uns kennt. »Ah, vielen Dank, dass Sie gekommen sind, warten Sie, ich eile, ich eile und mache Ihnen auf.«

Wir besichtigen die Wassereimer im Flur vor meinem Büro und klettern aufs Dach. »Schauen Sie«, sagt Herr Meier, »hier hat man die Bitumen direkt an die Attika geschraubt, das ist ein Baumangel, damals schon gewesen, ein Wunder, dass es so lange gehalten hat.« Für heute würde sein Mitarbeiter wieder einige undichte Stellen ausbessern können, aber eigentlich brauche es eine umfassende Instandsetzung. Die Schottersteine müssten komplett beiseitegeschaufelt werden, um dann neue Bitumenbahnen zu verlegen. Ob er uns dafür mal ein Angebot machen solle. »Ja gern, machen Sie ein Angebot für eine bestandserhaltende Sanierung, dann kann man die Wirtschaftlichkeit berechnen gegenüber einem komplett neuen Dachaufbau.« »Bei einem kompletten Neuaufbau verlieren Sie auf jeden Fall den Bestandsschutz im Brandschutz, das kann ich Ihnen jetzt schon sagen.« »Hm, ja, das meint der Architekt auch.«

Herr Meier ist dann wieder gefahren, sein Mitarbeiter arbeitet mit Farbtopf und Flammenwerfer auf dem Dach. Deutlich hört man das Knirschen seiner Schritte im Schotter und das Fauchen des Feuerdrachens. Ich rufe meine Frau an, um ihr zu sagen, dass ich Urlaub nehme und Donnerstag mitkomme nach Greifswald zum Treffen ihrer Seminargruppe. Sie hat keine Zeit. »Schatzi, hier ist die Hölle los. Wir sprechen heute Abend.«

Gartenparty
Kapitel 38

Auch die Seminargruppe hat inzwischen umdisponiert. Das Treffen ist verschoben von Donnerstagabend auf Samstagabend, weil eine Kollegin im Notdienst einspringen muss. »Wir fahren aber trotzdem schon Donnerstag hin und bleiben dann bis Sonntag«, beschließt meine Frau. Das Hotelzimmer ist gebucht.

Vorher ist erstmal Gartenparty bei Robert Fredermann. Die Einladung aus der Handballkneipe. Jeder bringt mit, was er essen und trinken möchte. Wer nett ist, lässt die anderen Gäste mal probieren.

Wir kennen Robert als Gartenexperten. Schon bei seinem ersten Besuch erklärte er uns, dass es sich bei der Hälfte unserer schönen Blumen eigentlich um Unkraut handele. Also, er sage das nur, ohne Wertung. Unkraut sei relativ. Welche Schlüsse wir aus dieser floristischen Klassifikation ziehen, überlässt er ganz uns. Wir beschließen, zukünftig mehr Ordnung in unserem kleinen Garten zu schaffen.

Wir jäten Unkraut, plötzlich ein junger Ahorn, vielleicht 30 Zentimeter groß, schaut mich mit seinen grünen Blätteraugen an wie ein Osterküken. Ich sage: »Du musst hier weg.« Er gibt mir ein Blätterzeichen: »Rette mich!« »Ich kann nicht!« »Du musst.« Also gut, ich ziehe ihn ganz vorsichtig aus der Erde und platziere ihn in einer leeren Weinflasche, mit Wasser gefüllt.

Die Weinflasche mit dem Ahorn wollte ich Robert als Geschenk zur Gartenparty mitbringen, aber meine Frau besteht darauf, eine volle Flasche zu nehmen.

Als wir eintreffen, steht der Grill schon unter voller Hitze; Würstchen, Schnitzel, Maiskolben eng aneinandergedrängt, dazu in Alufolie Ziegenkäse und Tofu. Am Rande des Feuers findet sich noch ein Platz für unsere Frühlingsspieße.

Genau genommen ist es noch nicht die richtige Jahreszeit für eine Gartenparty, etwas zu kühl; alle tragen dicke Jacken, die Glut der Holzkohle ersetzt das Lagerfeuer. Der Gastgeber legt eine Zucchini auf den Rost, eigene Ernte vom letzten Sommer; das Öl tropft, Flammen schlagen hoch, lachend löscht er großzügig mit Bier. Alles dampft und zischt, mit gespieltem Entsetzen bringt man sich in Sicherheit.

Im Hintergrund läuft Musik vom Meister der rätselhaften Texte. »No Woman, No Cry.« Was will uns das sagen? Frauen weinen nicht? Ohne Frauen weinen Männer nicht? Männer weinen ohne Frauen? Das Lied hat bestimmt Robert ausgesucht, der Gastgeber. Während meine Gattin mir noch ihre Interpretation des Songs erläutert, erklingt bereits das nächste Lied, »Buffalo Soldier«. Was soll das schon wieder bedeuten? Bob Marley sorgt für Mysterien.

Auf dem Gartenzaun landet ein mittelgroßer schwarzer Vogel mit gelbem Schnabel und lugt zu uns rüber. »Eine Amsel«, bemerkt meine Frau, »ist das ein Männchen oder ein Weibchen?« »Bei der Größe, bestimmt ein Männchen.« »Wie nennt man männliche Amseln?« »Amsel-Bullen, soviel ich weiß.«

Bald schon kann man vom Grill die ersten Teller füllen. Die bis dahin verwaisten Stehtische, die Robert auf der Terrasse platziert hat, sind nun begehrt. Daneben, an der Hauswand, ein kleiner Holztisch für mitgebrachte Salate und Getränke. Eine Kiste Bier steht schon dort, außerdem ein paar Flaschen Wein und viele bunte Schüsseln. Wir nehmen zwei Löffel vom Fenchelsalat, damit der nicht unberührt bleibt.

Nicht ohne Stolz zeigt Robert den Gästen sein neues Hochbeet, 2 Meter lang, 1 Meter breit und 80 Zentimeter hoch. Echte Douglasie. Günstiges Angebot aus dem Baumarkt um die Ecke. »Ganz prima, darin könnte man notfalls sogar eine Leiche verschwinden lassen«, sagt er. Zur nächsten Party hoffe er, uns schon einen Tomatensalat aus eigener Ernte anbieten zu können. »Wenn du dann zwei Hochbeete hast, wissen wir Bescheid. Haha. Wo ist eigentlich Uta, deine Frau ... ach, in Hannover, stimmt ja.«

Einer der Partygäste humpelt an Gehstützen, sein rechtes Sprunggelenk ist mit einem grauen Kunststoffstiefel bewaffnet, mit dem er sich Schritt für Schritt ganz vorsichtig bewegt. Man beeilt sich, ihm zu helfen, reicht Gläser und Teller, die er aber nicht abnehmen kann; mit einer der Gehstützen zeigt er Richtung Terrasse »Bitte dort abstellen.«

Unser Tisch auf der Terrasse, der eben noch ganz frei war, wird nun zum Treffpunkt einer Zufallsgruppe. Robert bringt einen Stapel Teller und das Bierglas des Mannes mit den Gehstützen, der ihm humpelnd folgt. Das Gespräch kommt nur mühsam in Gang. Fußball geht immer. »Hertha oder Union?« »Ah, VfB Stuttgart, ja, die sind auch gut.« Beim Sport gibt es stets etwas Neues. Spannung durch Wettbewerb, kontrollierter Konflikt. Schließlich spielt Schalke nicht mit Dortmund, sondern gegen Dortmund. Würde doch auch albern aussehen, wenn die Spieler beim Einlaufen einander an den Händen hielten. Meine Frau wundert sich, dass ich mich plötzlich für den 1. FC Köln interessiere.

Mein Nebenmann kokettiert mit seinem Greisentum: »Dass ich älter werde, sagt mir sogar unser elektrisches Garagentor. Früher konnte ich nach einem Knopfdruck an der Rückwand locker unter dem sich schließenden Garagentor hindurchlaufen. Heute ist es immer schon zu.«

Meine Frau führt medizinische Fachgespräche. »Haben Sie einen Sportunfall erlitten?«, fragt sie den Mann mit den Stützen. »Nein, ich bin auf der Treppe abgerutscht, Ruptur Achillessehne.« »Oh, böse Sache.« »Ja, wurde aber gleich operiert, ich bin wieder mobil.« »Wenn die Sehne gerissen ist, was kann man dann tun?« »Die abgerissenen Enden der Sehne werden mit einem speziellen Faden verknotet, die Sehne wächst zusammen und der Faden löst sich im Körper von allein wieder auf.« »Stimmt, resorbierbares Nahtmaterial«, bestätigt meine Frau und nickt.

»Der Erfinder dieses Fadens, der hat sich damit eine goldene Nase verdient.« »Ja, die gönnt man ihm.«

Jemand erzählt, dass sein Sohn in Potsdam Jura studiere, Spezialfach »Weltraumrecht«, darüber wolle er promovieren. »Der Urknall als Sachbeschädigung?« »Nein, nein, es geht um Verkehrsregeln für Satelliten und so etwas.« »Ah, verstehe.«

Haus und Grund ist allemal ein Thema in der Nachbarschaft. Diese wohlig quälende ewige Frage: Wenn die Preise so rasant steigen, wie man überall hört, welchen Wert hat denn dann meine Immobilie jetzt aktuell? Eigentlich sind wir reich und haben doch kein Geld. Eigentum macht arm, so scheint es. »Mein Traum wäre ein Doppelhaus, für mich und meine Frau.« »Für jeden eine Hälfte?« »Ja, natürlich, was gibt es da zu lachen?« »In Köln soll der Wohnungsmarkt ja neuerdings recht günstig sein«, höre ich mich sagen.

Sowieso, man ist sich einig, die Suche nach geeigneten Immobilien ist immer schwierig, schicksalhaft fast, nicht nur wegen der horrenden Preise. »Das allererste Angebot kann man nicht gleich annehmen, das ist klar. Aber wenn sich später herausstellt, dass das erste Angebot das beste Angebot war, dann trauert man dem vielleicht ein Leben lang nach.«

»Na, das muss aber nicht sein«, meint Frank Westenburger, der schon einige Jahre in unserer Gegend wohnt, »es tut sich immer was!« Fragend schaut er in die Runde, als wolle er wissen, ob Interesse an seiner Geschichte besteht. Da niemand protestiert, fährt er fort. »Bei einer Radtour neulich haben wir ein irres Haus gesehen. Eine große, dunkle, ganz altmodische Villa, mit Moos auf dem Dach und klapprigen Holzfenstern. Einsam am Waldrand gelegen; am baufälligen Zaun hing eine Art Pappdeckel, ›Zu verkaufen – von privat‹, dann eine Telefonnummer. Das war gruselig, man würde sich nicht wundern, wenn ›Graf Dracula‹ auf der Klingel steht.« Er schlägt sich auf die Schenkel. »Na ja, sowas kannst du nur kaufen, wenn du in der ersten Heimwerkerliga spielst, das tue ich nicht, außerdem möchte ich nur ungern mit Blutsaugern verhandeln.«

»Die Frage ist ja auch«, meldet sich mein Nebenmann zu Wort, »wie man die mühsam angesparte Kohle, die man als Eigenkapital auf jeden Fall braucht, wie man die vorher anlegen soll.« »Die Banken kassieren dich ab, egal ob du ihnen Geld bringst oder dir Geld leihst. Das nenne ich Bank-Raub.« Robert schaut vom Nachbartisch etwas irritiert zu uns rüber, denn er arbeitet bei der Stadtsparkasse.

Frank Westenburger weiß Rat: »Gold sollte man kaufen, auf jeden Fall Gold, die nächste Krise kommt bestimmt und dann explodieren die Kurse.« »Na, ich weiß nicht«, erwidert der Nebenmann, »die Goldkurse schwanken ganz schön und es gibt keinen echten Grund, warum Gold eigentlich wertvoll ist.« Frank Westenburg gibt sich empört. »Gold ist ein Wert an sich, immer schon gewesen. Ganz sicher hat bereits der erste Neandertaler, der zufällig ein Goldstück fand, dieses nicht achtlos beiseitegeworfen, sondern dessen zukünftigen Wert irgendwie gespürt.« »Der Goldpreis lebt von der Angst«, mischt sich Robert jetzt ein. »Die Angst kommt und vergeht, ich empfehle euch Aktienfonds in Wachstumsbranchen, das ist ein nachhaltiges Investment.«

»Ja«, sagt mein Nebenmann, das habe seine Bank ihm auch empfohlen. »Aber wo gibt es noch Wirtschaftswachstum heutzutage?« Robert wittert seine Chance: »Wachstumspotenzial bieten in unseren Breiten vor allem die Branchen, in denen der Mensch direkt mit anderen Menschen beschäftigt ist; die Mensch-zu-Mensch-Märkte, wie ich das immer nenne. Gesundheit zum Beispiel, Sicherheit, Sozialarbeit, Bildung und nicht zuletzt die Medien.« Mein Nebenmann antwortet nicht, Robert hakt nach: »Ich gebe dir nachher mal meine Karte, wir haben ein paar sehr interessante Fonds, nachhaltig und renditestark.« »Gut, habt ihr auch Fonds in Bitcoin?«

Robert schweigt, blickt zur Gartentür, plötzlich hellt seine Miene sich auf, weil Claudia, die Handballerin, gekommen ist. Sie ist mit dem Fahrrad da und macht Anstalten, es mit einer Kette am Gartenzaun zu befestigen. Robert protestiert lachend, gemeinsam bugsieren sie das Rad in die Garage.

Ein anderer Mann, der auch erst später gekommen sein kann, erscheint jetzt an unserem Stehtisch. Gertenschlank, runde Brille, sportive Kleidung, auf seinem Teller liegen zwei geröstete Maiskolben; verlegen lächelnd verschafft er sich etwas Platz am Tisch zwischen Gläsern und Tellern. Seine Frage möchte er zwischen den Anwesenden gleichmäßig aufteilen. Er suche Mitstreiter. Nächste Woche Samstag sei ja der Tempelhofer-Volkslauf, die gelben Plakate hängen an jeder Ecke, die hätten wir bestimmt gesehen. Man könne sich anmelden für 5 Kilometer, 10 Kilometer oder 25 Kilometer. Er habe sich für die zehn Kilometer gemeldet, weil er nicht mehr so im Training sei wie früher. »Wollen wir vielleicht eine Art ›Nachbarschafts-Laufgruppe‹ gründen und dann als Mannschaft teilnehmen? Wer hat Lust?« Startplätze seien noch frei. Der Mann mit den Gehstützen zuckt mit den Schultern, auch die anderen sind nicht spontan begeistert.

Mir fällt der Volkslauf vom Vorjahr ein.

Hobby-Starter beim Volkslauf. Die Frau, die vor mir läuft, wird angefeuert von einem Kind am Streckenrand »Vorwärts, Oma!« Das lässt Oma sich nicht zweimal sagen und zieht davon. Mit jedem Kilometer begreife ich besser, was es mit der Einsamkeit des Langstreckenläufers auf sich hat. Später, am Ende, bin ich ganz allein. Die Streckenposten rollen schon die Bänder ein. Letztes Ziel: ankommen, bevor die Zeitnehmer ihre Tische abbauen.

Eine zierliche Frau verschafft sich Gehör. Sie berichtet, dass nebenan jemand einen Gartenteich anlegen möchte; richtig groß, mit Fischen und Fröschen. Das ärgert sie. Empört reißt sie sich die Sonnenbrille aus dem Gesicht, die Silberknöpfe ihrer Lodenjacke blitzen in der untergehenden Sonne. »Die Fische sind mir egal, aber Frösche machen Lärm, und zwar nicht zu knapp.« Sie gießt sich einen Schluck Mineralwasser in ihr Weinglas. »Man kann einem Frosch das Quaken nicht verbieten wie einem Hund das Bellen. Die Frösche werden dir was husten.« Mit beiden Händen zeigt sie auf ihren Dackel, der mit rotem Halsband zwischen ihren rot-geschnürten Wanderschuhen neugierig nach oben schaut.

Als hätte er sein Stichwort gehört, beginnt ihr Hund zu bellen. »Das ist ein Zwergdackel, ein ganz junges Tier«, fügt sie leicht entschuldigend hinzu. »Ein junger Zwergdackel. Der wird sicher noch etwas kleiner, oder?« Haha. »Entschuldigung, nichts für ungut.« Dem Zwergdackel ist es egal, wenn auf seine Kosten Witze gerissen werden, er interessiert sich mehr für die Katze des Gastgebers, die er einer Leibesvisitation unterziehen möchte.

Die Katze verwandelt sich in ein fauchendes Fragezeichen. Robert hat Mühe, sie auf den Arm zu nehmen. Beruhigend streicht er ihr über den Kopf, dann gibt er sie weiter an Claudia, die Handballerin. »Ich habe die Katze Simba getauft, sie ist mir zugelaufen.« Der Zwergdackel springt an Claudias Hosenbein hoch und will am liebsten hinaufklettern.

Robert erzählt von seinem neuen Leben als Katzenbesitzer. »Ja, Hunde kläffen, Frösche quaken, aber Katzen sind auch nicht ohne, vor allem nachts:

Simba raubt mir den Schlaf, egal, was ich tue; zuverlässig morgens um 4 Uhr will sie rein oder raus. Mit ihren

Pfoten bearbeitet sie dann die Fensterscheiben oder das Sofa. Das klingt wie Quietsche-Gummi oder knallt wie ein Tischfeuerwerk. Auf jeden Fall wird man zuverlässig wach und zornig. Der Wurf mit dem Kissen in die Dunkelheit nützt gar nichts.

Nur letzte Nacht hat Simba mich nicht geweckt, weil ich sie vorsorglich ins Wohnzimmer gesperrt habe. Schlafen konnte ich trotzdem nicht – schlechtes Gewissen.«

Während Roberts Erzählung hatten sich fast alle Gäste um ihn versammelt. »Manche süße Miezekatze ist insgeheim ein fieser Möck. Vielleicht solltest du dir lieber ein Schaf anschaffen, dann würde wenigstens der Rasen gemäht.«

Wir trinken auf den Haustierstress und diskutieren über die optimale Hunderasse. »Als unser letzter Hund gestorben war, wollte ich eigentlich Pause machen, Gras drüber wachsen lassen, verstehen Sie?« »Ja, ich verstehe.« »Aber es ging nicht lange ohne. Jetzt haben wir einen Pudel-Cocker-Spaniel-Mischling, der ist wirklich niedlich und haart kein bisschen.« »Ja, es gibt viele gute Pudel-Mischungen.«

Langsam kommt der Abend, es wird dunkel und kühl. Die Frau mit dem Zwergdackel sagt, sie müsse jetzt gehen, sie erwarte noch ein Kind; ihr Sohn bekommt Übernachtungsbesuch. Robert nickt. Ja, es wäre gut, wenn wir nicht zu spät Schluss machen, sonst gibt es wieder Ärger mit Familie Burgmann von nebenan. »Seit der Geschichte mit dem Laubbläser damals ist dauernd Stress.« Vater Burgmann hätte sich letzten Herbst einen kleinen Laubbläser gekauft, der bei Aldi im Angebot war, und damit die Hälfte seines Laubes in Roberts Garten geblasen. Er – Robert – hat sich dann bei Obi einen viel größeren großen Laubbläser besorgt und alles wieder zurückgepustet. »Ja, vielleicht war das ein Fehler, aber ich musste es tun.«

»Kannst du mir deinen Laubbläser mal ausborgen?«, fragt jemand. Robert hört es nicht, weil alle Gäste begonnen haben, ihre Sachen zu packen. Mit Dank an den Gastgeber beschließen wir, uns möglichst bald zur nächsten Gartenparty zu verabreden.

Anschließend sitzen meine Frau und ich mit Kerzen und Rotwein in der heimischen Küche. Um die Stimmung zu steigern, singe ich bekannte Liebeslieder: »Nights in white satin ...« Und sie erkennt sie nicht. »Hör zu, das kennst du doch: »Ain't no sunshine when she's gone.« »Nein, kenn ich nicht.« Auf ihrem Handy schaltet meine Frau eine App ein, die Musik erkennen kann, da soll ich reinsingen. Sosehr ich mich auch bemühe, es nützt nichts. Erst Spotify spielt die Musik und rettet den Abend. »Ach so, das meinst du! Natürlich, das Lied kenne ich. Warum sagst du das nicht?«

Greifswald
Kapitel 39

Das freundliche Autohaus muss man loben. Trotz aller Bedenken hat der Wagen gut gehalten. Erst Besuch bei meinen Eltern. Fahrt bis hinter Kassel. Dann zurück nach Berlin; weiter zu den Schwiegereltern in Schwerin und anschließend nach Greifswald. Das sind fast 1.300 Kilometer. Wenn wir wieder heil nach Berlin kommen, knackt unser Kraftfahrzeug unterwegs die 400.000 Kilometer. Ein Jubiläumsfoto ist dann sicher angebracht.

Eigentlich hätte meine Gattin nichts gegen einen neuen Wagen einzuwenden, vor allem wegen des Automatikgetriebes, das dann sicher inkludiert wäre. Ich aber lege Wert auf ehrliche Handarbeit, auch am Schaltknüppel. Außerdem mag ich diese neumodischen Autos mit eingebautem Fahrlehrer nicht; ständig wird man ermahnt und korrigiert. »Müdigkeit erkannt.« Woher will der das wissen? Falls ich mal zu schnell fahren sollte, schickt er womöglich gleich eine Nachricht an die zuständige Straßenverkehrsbehörde.

Alles hat gut geklappt mit dem alten Auto, bis meine Frau glaubt, mich korrigieren zu müssen. »Greifswald liegt nicht an der Ostsee, Schatzi.« »Na, wo denn? Am Mittelmeer?« Vor lauter Empörung muss ich wohl etwas stärker aufs Gaspedal getreten haben – BLITZ – Kamera auf Stativ am Straßenrand. Die Stimmung ist im Eimer, aber meine Frau besteht darauf, dass sie Recht hat. »Greifswald liegt am Bodden.«

Im Hotel in Greifswald sind wir die Ersten aus unserer Gruppe. Kind und Hund sind in Berlin, wir bleiben ganz für uns. Spaziergang am Strand, meine Frau sucht Hühnergötter, das sind Steine mit einem Loch in der Mitte, Wunderwerke maritimer Geologie, die sich in bemerkenswerter Anzahl immer wieder finden lassen. Ich friere mit Pullover, aber sie trägt ihr Sommerkleid. »Schatzi, wie viele Hühnergötter braucht man denn, um glücklich zu sein?« Sie achtet nicht darauf, Sammeln erfordert die volle Aufmerksamkeit.

Samstagabend dann das Treffen der Seminargruppe. Sechs Frauen, die bis 1991 in Greifswald gemeinsam Pharmazie studiert haben, treffen sich nun, um ihr 30-jähriges Jubiläum endlich nachfeiern zu können. Fünf von ihnen mit männlicher Begleitung.

Im Speisesaal des Hotels ist ein großer Tisch für uns eingedeckt. In der Mitte des Saals steht ein kalt-warmes Buffet, das wir mit einer Geburtstagsgesellschaft teilen. Die Tische der Geburtstagsgesellschaft befinden sich auf der anderen Seite des Buffets. Ein großer Sessel ist dort zu sehen, geschmückt wie ein Thron mit bunten Bändern; über der Rückenlehne in silbernen Ziffern die Zahl »70« von Lorbeerästen umrankt. Die Geburtstagsgäste stehen geduldig Schlange, um zu gratulieren. »Alles Gute, Herrmann, für die nächsten 10 Jahre.« »Danke, Wilfried, 20 Jahre dachte ich, 20.«

Die Sitzordnung an unserem Tisch bildet sich wie von selbst. Die Damen von der Seminargruppe auf der einen Seite, die Herrenbegleitung auf der anderen. Sandra Müller, die Organisatorin des Treffens, betreibt in Greifswald eine Apotheke. Sie dankt für unser Erscheinen in der Hansestadt, stellt die Herren einander mit Vornamen vor und eröffnet das Buffet. »Nachher kommt noch ein Discjockey, dann kann, wer will, das Tanzbein schwingen.«

»Man soll ja«, sage ich zu meinem Sitznachbarn, »immer die Nachspeise zuerst essen. Dann geht der Blutzuckerspiegel gleich hoch und das ist wohl gesünder als umgekehrt.« »Ja, für die Gesundheit muss man Opfer bringen.« Wir gehen zum Buffet, aber dort ist die Nachspeise noch nicht aufgebaut. Es muss gewartet werden. Also Start mit Mecklenburger Schweinebraten, Rotkohl und Klößen. Jeder Gang macht schlank.

Am Buffet waren wir die Pioniere, doch nun hat sich dort eine lange Schlange gebildet, weil auch bei der Geburtstagsgesellschaft die Eröffnungsreden absolviert sind. Nur Salat kann man ohne Wartezeit bekommen. Die Männergruppe schweigt einen Moment. Jemand schaut aufs Handy. »Mein Gott, die Bayern haben schon wieder gewonnen.« »Morgen spielen die Füchse gegen Kiel, das ist viel spannender.« Was die Füchse betrifft, bin ich Experte seit voriger Woche. »Es handelt sich um Handball, nicht wahr?«

Der Fan der Füchse ist erfreut über so viel Sachkenntnis. Wir unterhalten uns zunächst quer über den Tisch. Als aber die Kellnerin die ersten Teller abräumt und die

Raucher kurz rausgehen, können wir zusammenrücken. Es ist Michael, ich kenne ihn flüchtig. Er gehört zu Franziska, mit der meine Frau im Studentenwohnheim einst das Zimmer teilte. »Arbeitest du noch in Berlin?«, frage ich ihn. »Ja und nein«, antwortet er. »Die Firma sitzt noch in Berlin, aber ich bin seit über zwei Jahren schon im Homeoffice.«

»Früher brauchte ich ein Zimmer in Berlin, das ist jetzt überflüssig. Fast alle Besprechungen kann man wunderbar per Videokonferenz abhalten.« »Stimmt, aber gefährlich ist der Bildschirmschoner«, bestätige ich. Er schaut mich fragend an. »Na ja, der Bildschirmschoner springt an, du siehst niemanden mehr, aber die Kamera läuft weiter. Du fühlst dich unbeobachtet, bist es aber nicht. Das ist mir neulich passiert, sehr peinlich.« Michael überlegt, ob er ein Problem hat. »Nein«, sagt er dann, »ich mache die Kamera immer aus, wenn ich nicht spreche.« »Bestimmt wird es bald einen Krimi geben, mit einem Mord vor laufender Kamera, weil der Mörder den Bildschirmschoner nicht beachtet hat.« Michael nickt. »Bestimmt.«

Die Kellnerin kommt mit einem großen Tablett voll Bier, das sie auf Verdacht gezapft hat. Vier Gläser wird sie los an unserem Tisch. Kugelschreiber hat sie auch dabei, gewissenhaft macht jeder einen Strich auf seinem tropfnassen Deckel. Mit dem Kuli und den restlichen Bieren marschiert sie zum Geburtstagstisch, wo man sie mit lautem Hallo begrüßt. Inzwischen ist auch am Buffet wieder etwas Platz und die Nachspeise wird aufgebaut.

In der Tür des Saales erscheint ein Mann im Hawaii-hemd, der etwas irritiert dreinschaut. Es ist Discjockey »Wolfgang«; das Hotel hat ihn für heute Abend engagiert, aber er wusste nicht, dass hier gleich zwei Gruppen sind, für die er Musik machen soll. Sandra Müller, unsere Organisatorin, ergreift die Initiative. Sie verhandelt mit DJ Wolfgang, einem Abgesandten der Geburtstagsgruppe und einer Dame vom Hotel; dann ist klar, wir beteiligen uns an den Kosten. »Schreiben Sie es auf die Zimmer.« Wolfgang spielt für alle.

Etwas umständlich rangiert der DJ seinen Ford Kombi rückwärts vor einer Seitentür des Saales. Durch die Fenster sieht man die roten Rücklichter an der offenen Heckklappe. Während die Gäste sich der Nachspeise widmen, schleppt er schwarze Boxen, Keyboard, Scheinwerfer und alle möglichen Apparate auf eine kleine Bühne vor der Tanzfläche. Ein junger Mann hilft ihm beim Aufbau und entschwindet dann mit dem Auto.

DJ Wolfgang stärkt sich rasch am Buffet, lässt sich ein Bier bringen, dann geht es los. Er spielt einen Tusch auf dem Keyboard und begrüßt uns als »Liebe Kurgäste«. Gleich darauf entschuldigt er sich. »Oh, haha, Kurgäste gibt es ja in Greifswald nicht, aber grad gestern war ich noch in Bad Doberan.« Er verfügt über ein großes Potpourri, nicht nur Schlager, sondern auch richtig heiße Sachen. Wir können ihm Musikwünsche auf sein Handy schicken, die Nummer hat er auf eine Tafel geschrieben.

Den Eröffnungstanz übernimmt Geburtstagskind Herrmann, der seine Gemahlin mit ernstem Gesicht um die Kurven führt. Einige seiner Gäste bilden einen Kreis und klatschen im Takt. Gespielt wird ihr Lieblingslied »Rosamunde, schenk mir dein Herz und sei treu«. Auch von unserem Tisch sind schon einige aufgestanden und warten darauf, in das Tanzgeschehen einzugreifen.

Wieder erklingt auf dem Keyboard ein Tusch. DJ Wolfgang meldet sich zu Wort: »Liebe Gäste, jetzt kommt etwas Besonderes für das Geburtstagskind.« Er übergibt das Mikrofon an eine Frau aus der Geburtstagsgruppe, die den »Enkel-Chor« ankündigt und fünf schüchterne Kinder vor sich auf die Tanzfläche schiebt. Plötzlich hat auch jemand eine Gitarre zur Hand.

> »Weil heute dein Geburtstag ist, da haben wir gedacht,
> wir singen dir ein schönes Lied, weil dir das Freude macht.
>
> Sogar ein bunter Blumenstrauß ziert heute deinen Tisch
> und wenn du ihn ins Wasser stellst, dann bleibt er lange frisch.
>
> Und wenn du einen Kuchen hast, so groß wie Mühlenstein
> und Schokolade auch dazu, dann lad uns alle ein.«

Bravo, bravo, Herrmann ist gerührt und seine Frau noch viel mehr. Zwar klang der Gesang der Kinder zunächst etwas schüchtern, aber bald schon wurden sie unterstützt von der Frau am Mikrofon, die jetzt nicht nur die Kinder dirigiert, sondern auch die Gäste im Saal. Fast alle stimmen mit ein. Vor allem Sandra Müller singt und klatscht begeistert, denn Herrmann ist Kunde in ihrer Apotheke.

Jetzt übernimmt wieder DJ Wolfgang die Regie. Der erste Musikwunsch ist bei ihm gerade eingegangen. »Alt wie ein Baum« von den Puhdys. Das ist das Startsignal, alle kramen aus den Taschen ihre Mobiltelefone hervor, um ihm Musikwünsche zu schicken.

Tanzen verbindet. Ich kann eigentlich jeden Tanz tanzen, wenn es nur Discofox ist. Eins, zwei, Stepp. Ist das nicht der Rhythmus der Welt? Meine Frau sagt: nein! Sie weigert sich, einen Tango als Discofox zu tanzen. Unsere Ehe hat auf einer Tanzveranstaltung begonnen und manchmal glaube ich, sie wird auch auf einer solchen enden. Aber nicht bei dieser Feier, denn DJ Wolfgang spielt keinen Tango.

Im Laufe des Abends wird auf dem Tanzparkett die Physik immer wirksamer. Kraft ist gleich Masse mal Geschwindigkeit. Vor allem Michael und Franziska schleudern einander in die wildesten Figuren. Beinahe schüchtern bleiben andere Paare am Rand. Die Stimmung steigt trotzdem, der DJ setzt einen Strohhut auf und steckt links und rechts eine Deutschland-Fahne in die Hutkrempe. »Aber bitte mit Sahne.«

Ein junges Mädchen aus der Geburtstagsgruppe wird

plötzlich zur Königin der Tanzfläche, weil offenbar nur sie weiß, wie man Macarena tanzt. Rechte Hand nach oben, linke Hand nach oben, mit der Hüfte kreisen und JUMP. Hee Macarena. Bald schon machen alle mit. Danach gibt's wieder Discofox. Proppenvoll ist jetzt das Parkett. Wenn es zu Kollisionen kommt, dann wie früher, bei den Fahrten mit dem Schatzi im Autoscooter.

In den Tanzpausen ist jede Art von Sitzordnung aufgehoben. Der DJ spielt den »Ring of fire« und wir diskutieren, ob Johnny Cash wohl Donald-Trump-Supporter gewesen wäre. »Wer weiß?« Jemand erzählt vom Betriebsfest seiner Firma. »Seit Jahren wird bei uns Bauchtanz als Betriebssport angeboten! Während der Arbeitszeit! Aber als die Truppe jetzt beim Betriebsfest auftreten sollte, gab's ein Veto.« »Nützt ja nichts.« »Zwei Bier noch, bitte.«

Eine neue Tür geht auf
Kapitel 40

Jedes Hotelzimmer erfordert zunächst Orientierung. Kann passieren, man will nachts aufs Klo und landet im Flur. Oder man braucht für die Dusche eine Gebrauchsanweisung. Kein Problem heute, meine Frau erklärt mir alles.

Oft sind Hotelzimmer mit großen Spiegeln ausgestattet, die zur schonungslosen, ganzheitlichen Betrachtung der eigenen Person ermutigen, fast verpflichten. Die Zeichen der Zeit zeigen sich dann in aller Deutlichkeit. Vor einigen Jahren noch konnte ich mühelos zwei Tauben auf die Oberarme springen lassen, heute rascheln dort allenfalls zwei Mäuse unter der Decke. Allerdings, es geht nichts verloren. Das Körpervolumen ist der Schwerkraft gefolgt und hat sich nun rund um den Bauchnabel versammelt. Meine Gattin kennt keine Gnade: »Jammer nicht rum, mach lieber ein paar Liegestütz.«

Als ich aus der Dusche komme, scheint meiner Frau die Gelegenheit günstig, um eine Neuigkeit mitzuteilen. »Die Sache mit Köln hat sich erledigt, Schatzi«, sagt sie. »Wie kommst du darauf?« »Das Bewerbungsverfahren ist aufgehoben.« »Woher willst du das wissen?« »Hier in unserem Spam-Ordner ist eine Mail.« »Ach, die ist doch uralt.« »Nein, frisch von gestern Vormittag. Absender: Pia Schrader, Knieraum Assistenz.«

»Sehr geehrte Damen und Herren,

vielen Dank für Ihre Beteiligung am Knieraum Special Assessment. Im Auftrag von Frau Holzmüller habe ich Sie darüber in Kenntnis zu setzen, dass aufgrund ungeklärter Rechtsfragen das Bewerbungsverfahren aufgehoben werden musste. Wir bitten insoweit um Verständnis und wünschen Ihnen für Ihr weiteres berufliches Fortkommen alles Gute.«

»Seit wann weißt du das schon?« »Ich habe gestern Nachmittag sicherheitshalber in den Spam-Ordner geschaut, weil ich eine Nachricht vom Paketdienst erwarte.« »Warum sagst du mir nichts?« »Weil ich dir den Abend nicht verderben wollte.« »Hast du kein Vertrauen zu mir?« »Tja, das fragst du mich.« Schweigen.

»Mach dir nichts draus«, sagt meine Frau schließlich. »Es gibt doch das Sprichwort: ›Wenn eine Tür sich schließt, geht eine andere auf.‹« »Hm, ja, was willst du damit sagen?« »Nichts Besonderes, aber gestern Abend konnte ich ziemlich lange mit Franziska sprechen.« »Ja.« »Wir hatten auch gleich wieder einen Draht zueinander, so wie früher, als ob es die Zwischenzeit nicht gegeben hätte.« »Tja, manchmal ist das so.« »Wir könnten auch sofort wieder zusammenarbeiten, da sind wir uns ganz sicher.« »Meinst du?« »Ja, es war wieder dieses Vertrauen da. Verstehst du?« »Ja.« »Sie ist jetzt schon über 15 Jahre mit Michael zusammen und möchte etwas ändern in ihrem Leben.« »So, so.« »Nein, nicht was du denkst. Sie haben ein altes Bauernhaus gekauft und wollen heiraten.« »Ah.«

»Ich habe Franziska erzählt, dass du in deinem Leben ebenfalls etwas ändern möchtest.« »Aber wir sind doch schon verheiratet und alte Bauernhäuser findet man in Berlin nicht so leicht.« »Genau, aber von deiner Bewerbung in Köln habe ich erzählt und dass du fast in die zweite Runde gekommen wärst.« »Das hast du ihr erzählt?« »Ja, warum denn nicht?«

Meine Frau schaut auf die Uhr. »Lass uns zum Frühstück gehen.« Als wir runterkommen, ist schon richtig Betrieb. An der Rezeption wartet die Gattin von Herrmann, dem Geburtstags-Jubilar. Sie erkundigt sich nach dem Rollator, den ihr Bruder gestern Abend an der Hotelbar vergessen habe. Der Kellner lächelt, als er den Rollator aus dem Gepäckraum herüberschiebt. »Das muss ein schönes Fest gewesen sein gestern Abend.« »Ja durchaus, danke der Nachfrage.«

Frühstück gibt es im Restaurant. Franziska und Michael verteilen dort Hochzeitseinladungen. 22. August, super Location, nicht weit von Schwerin. Auf einem Tablett stehen Gläser mit Sekt und Orangensaft. »Sind wir jetzt vollständig?«, fragt Franziska, »dann Prost ihr Lieben, wir würden uns sehr freuen, wenn ihr alle kommen könnt. Aber jetzt frühstücken wir erst einmal gemeinsam. Guten Appetit.«

Haben die Engländer das Rührei erfunden? Vielleicht nicht. Trotzdem muss man ihnen dankbar sein, denn als unabdingbarer Bestandteil des englischen Frühstücks ist das Rührei in den Hotels dieser Welt erst zum Durchbruch gelangt. Mit Ketchup, versteht sich. Auch sonst findet sich alles, was man sich am Frühstücksbuffet wünschen möchte. Nur die beste Marmelade darf sich Konfitüre nennen, soviel ist klar.

Nach dem Frühstück steht ein Stadtrundgang mit Apothekenbesichtigung auf dem Programm, Sandra Müller besteht darauf. Die Gesprächsrunden mischen sich neu. Jemand berichtet vom Sonntagsspaziergang mit amerikanischem Austauschschüler »Wofür ist dieses ›Spazierengehen‹ gut?«, habe er gefragt. »It's fun, you know.« »Oh, I see.«

Bald schon erreichen wir Sandras »Markt-Apotheke«. Ihr Mann ist wohl Informatiker, sie arbeiten zusammen, er hält uns einen engagierten Vortrag über Digitalstrategie im Apothekenwesen. »Wir stehen erst am Anfang«, betont er, »wir stehen ganz am Anfang.« Einige Experten lassen sich die smarten Strukturen in der Markt-Apotheke genauer zeigen. Der Rest der Gruppe setzt den Stadtrundgang fort.

Michael informiert mich über die Kosten einer modernen Hochzeitsfeier. »Enorm sage ich dir, enorm.« Aber er und Franzi haben alles genau kalkuliert und die Kostenaufteilung einvernehmlich geregelt. »Getrennte Kasse hat sich bewährt bei uns, dabei soll es auch bleiben.« »Wenn man das Bett teilt, kann man doch auch das Konto teilen«, werfe ich ein. Michael lacht. »Das ist doch wohl etwas anderes! Oder legst du dein Geld unter das Kopfkissen?«

Mit seinen weißen wallenden Haaren und der großen Brille erinnert Micheal ein wenig an Andy Warhol, aber davon will er nichts wissen, Künstler sind ihm suspekt. Außer Handball interessiert er sich vor allem für die Börse. Wärmstens empfiehlt er mir Termingeschäfte, damit macht er neun Prozent Rendite im Jahr, Minimum. Den Einwand »Ich habe kein Geld« lächelt er weg. »Bankkredite bekommst du für unter fünf Prozent momentan. Da sollte man nicht kleckern, sondern klotzen, nur dann hat man einen langen Hebel.« »Hm, ist das nicht riskant?« »Ach, wer immer auf der sicheren Seite sein will, der kommt nie ans andere Ufer.«

Wie zufällig endet unser Spaziergang am Haus der Touristeninformation. Dort befindet sich eine große Landkarte, auf der ganz Mecklenburg-Vorpommern zu sehen ist. Meine Frau beweist mir, dass Greifswald am Bodden liegt, und Franziska erklärt mir alles andere. Sie zeigt mir den Ort bei Schwerin mit der »Schwanen-Apotheke«, die sie als blutjunge Anfängerin damals übernehmen konnte und seitdem betreibt. Sternberg, wunderschön.

Nicht allzu weit entfernt ist auch das Städtchen, in dem sie jetzt das alte Haus kaufen werden. Bützow, lustiger Name. Dort wird im August die Hochzeit gefeiert, in einem Hotel direkt am See. »Das wird herrlich, sage ich euch, ganz herrlich.« In Bützow übrigens sei auch die »Rosen-Apotheke«, die bald zum Verkauf stehe. »Eine Goldgrube«, versichert Franziska. »Aber wer Interesse hat, muss schnell sein!« Meine Gattin nickt vielsagend. »Das wäre doch eine Veränderung, Schatzi, was meinst du? Anschauen sollten wir uns das auf alle Fälle und einen unverbindlichen Termin beim Steuerberater könnten wir dann auch gleich vereinbaren.« »Äh, also.« Franziska empfiehlt Kanzlei Dr. Dilch in Schwerin, dort arbeitet ihr Schwager, und Michael bietet an, sich um die Finanzierung zu kümmern.

»Gefällt dir die Idee mit der Landapotheke?«, will meine Frau wissen. »Hm, Prognosen sind schwierig.« »Warum?« »Weil man selbst kaum weiß, was man in Zukunft wollen wird.« »Das hat du schön formuliert.« »Ja, findest du.« »Ja, finde ich.«

******

Exposé im Dialog

Protokoll eines imaginären Gesprächs zwischen
Lektor (L) und Autor (A) über ein unverlangt
eingesandtes Manuskript.

*

Der Lektor hat wenig Zeit. Es ist gleich 11:30 Uhr. Vor den
Terminen des Nachmittages will er auf jeden Fall noch
essen gehen. Das Manuskript in der Hand, winkt er den
Autor herein und deutet auf einen der drei freien Stühle,
die im Besucherzimmer des Verlages schon viele solche
Besprechungen erlebt haben.

Autor: *Oh, vielen Dank. Auch für Ihre Zeit, ich weiß das
           wirklich zu schätzen ...*

Lektor: *... schon gut, schon gut. Setzen Sie sich. Die Maske
           können Sie abnehmen.*

Etwas umständlich kramt der Autor die Bänder seiner
Atemschutzmaske hinter den Ohren hervor und reißt sich
dabei die Lesebrille vom Kopf, die erst auf den Tisch und
dann dem Lektor vor die Füße fällt. Beide machen Anstalten, die Brille aufzuheben. Fast wären sie mit ihren
Köpfen zusammengeschlagen. Der Lektor unterzieht das
Manuskript einer Inspektion per Daumenkino.

Lektor: Okay, das scheint eine Boomer-Story zu sein. Erzählen Sie mal.

Autor: Danke, danke, wissen Sie, auch wir haben Träume ...

Lektor: ... jaa, ja, das glaube ich gern, aber warum soll das jemand interessieren?

Autor: Weil wir viele sind und fast alle davon träumen, noch einmal eine

Entscheidung zu treffen. Ganz praktische Dinge, pragmatische Träume, verstehen Sie?

Lektor: Nein. Pragmatische Träume, das ist Unsinn, oder?

Autor: Nicht in der Mitte des Lebens. Nicht in der Mitte der Gesellschaft.

Lektor: Also gut, meinetwegen, worum geht es denn nun eigentlich?

Autor: Es geht um etwas, das jeder tun kann.

Lektor: So!

Autor: Ja, und jeder der es noch nicht getan hat, überlegt, ob er es nicht bald tun soll. Dafür interessiert man sich doch, oder?

Lektor: Keine Ahnung. Wovon sprechen Sie?

Autor: *Von einer Bewerbung um einen neuen Job.*

Lektor: *Ach.*

Autor: *Das Buch ist eine Mischung aus Reiseliteratur, Literatur der Arbeitswelt und Familienroman. Ein ganz neuer Mix. Phantastisch, verstehen Sie?*

Lektor: *Nein, verstehe ich nicht ... wieso überhaupt Reiseliteratur?*

Autor: *Weil die Handlung mit der Rückreise von einem Assessment-Termin beginnt.*

Lektor: *Hm. Und ein Familienroman ist es, weil der Boomer auch eine Frau hat? »Lady Bump«, nehme ich an?*

Autor: *Ach, Herr Lektor, wunderbar, Sie haben Humor, »Lady Bump« das sollte man in das Manuskript noch einarbeiten. Ganz großartig.*

Lektor: *Okay, also warum soll jemand dieses Buch kaufen? Können Sie mir das sagen?*

Autor: *Ja, weil es lustig ist.*

Lektor: *Können Sie das beweisen?*

Autor: *Ich werde es versuchen. Hören Sie zu:*

Der Lektor schaut ungeduldig auf die Uhr. Der Autor räuspert sich, hantiert mit seiner Aktentasche, um schließlich einen Stapel verknickter Papiere auf den Tisch zu legen. Er blättert hin und her, bis er endlich findet, was er sucht. Kerzengerade sitzt er nun, rückt die Brille zurecht und liest mit feierlicher Stimme:

»Abfahrt 15:48 Uhr, Gleis 2. Es bleiben neun Minuten Zeit, das klappt knapp, das kann man schaffen. Beeilung. Gedränge am Bahnsteig und mehr noch im Zug. Menschliche Nähe sucht jetzt niemand. Mit nasser Jacke schon gar nicht. Ein Platz ist frei, aber reserviert. Egal, hinsetzen, Koffer in die Ablage. Banger Blick ringsum. Auch die freundlichste Oma, die durch den Gang des Wagens herannaht, ist jetzt gefährlich wie ein Alligator, der unverhofft zuschnappen kann: ›Entschuldigung junger Mann, diesen Platz habe ich reserviert.‹ Aber Glück, der Alligator und alle Krokodile schwimmen vorbei, vorerst sitze ich sicher.«

Lektor: *Hm, na ja, okay. Wissen Sie was, ich schaue mir das Ding mal an.*

Aber jetzt muss ich weg. Sie hören von uns.

Autor: *Vielen Dank. Vielen Dank. Ich würde wirklich gern mit Ihnen zusammenarbeiten.*

Autor

Peter Kehl, Jahrgang 1963, promovierter Volkswirt, verschiedene Veröffentlichungen zu Fachthemen

Debütroman 2023: »Willkommen auf der Arbeitsebene«